異世界に
転移したら山の中だった。
反動で強さよりも快適さを選びました。
2

主な登場人物
ルゥーディル
「大地と静寂、魔法」の神（精霊）。ジーンに魔法を教えている。かつては、リシュの眷属だった。
アッシュ/アーデルハイド・ル・レオラ（レオン）
アーデルハイド家の長女で、冒険者ギルド所属。一見すると男性に間違われるが、一応女性。寡黙で律儀、ちょっとずれている天然系。
ジーン
姉の勇者召喚に巻き込まれ、異世界に転移した大学生。物を作るのが大好きで、手を抜かない性格。人に束縛されるのは嫌だが、世話好きな一面もある。
リシュ
「氷と闇」の神（精霊）だが、現在は力を失っている。外見は可愛いハスキー風の子犬。

シヴァ
ディノッソの妻。明るい性格の元貴族令嬢。
ディノッソ
ジーンが最初に仲良くなった農家。家族ぐるみでの付き合いをしている。
ティナ
ディノッソの長女。ジーンのことがお気に入りで、将来はお嫁さんになると宣言。
エン&バク
ティナの双子の弟。元気な二人だが、エンには秘密があり……。

Contents

異世界に転移したら山の中だった。反動で強さよりも快適さを選びました。2

じゃがバター

イラスト
岩崎美奈子

◆ジーンの住む世界の地図◆

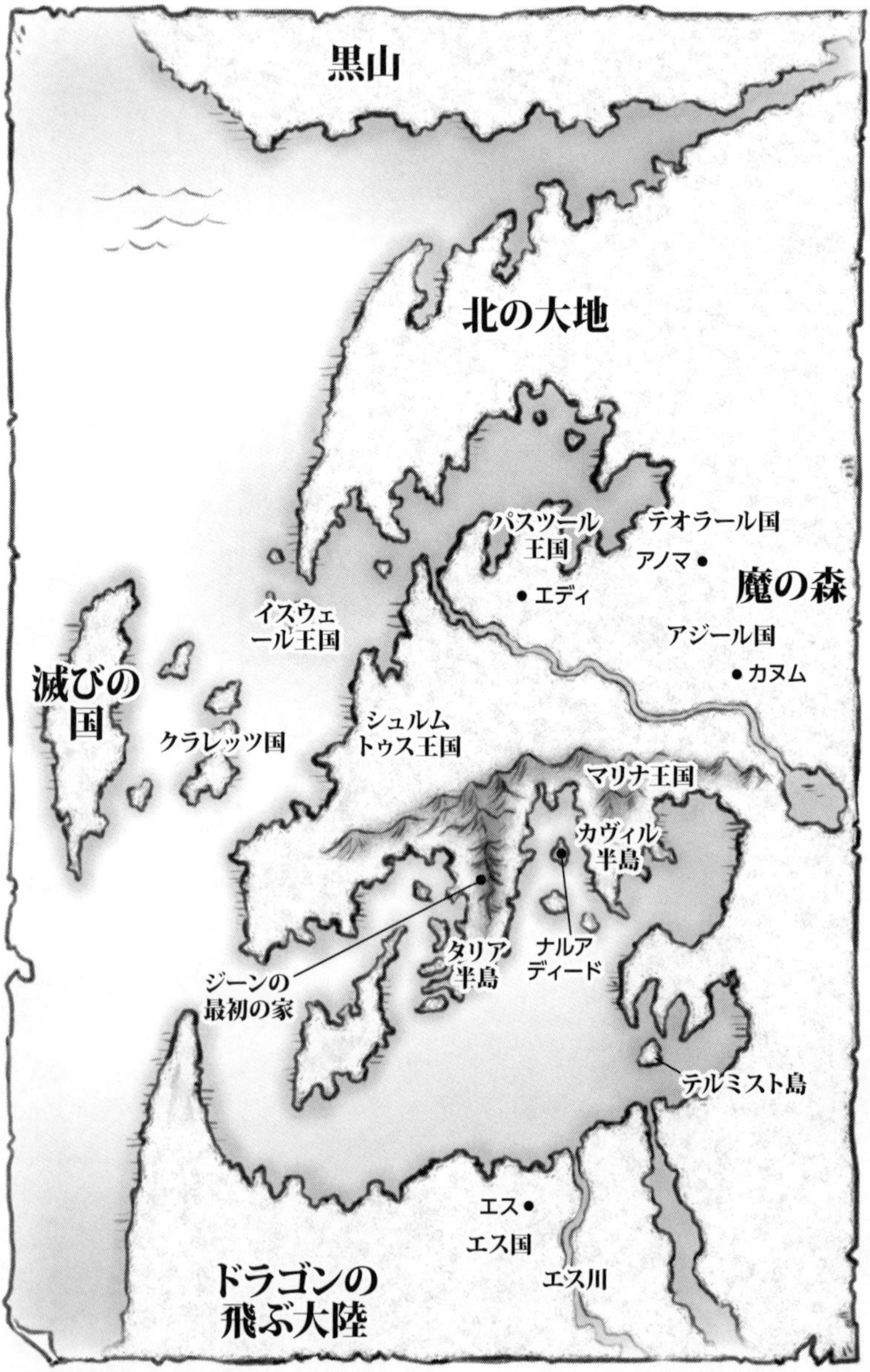
黒山
北の大地
パスツール
王国
テオラール国
アノマ
魔の森
エディ
イスウェ
ール王国
アジール国
カヌム
滅びの
国
シュルム
トゥス王国
クラレッツ国
マリナ王国
カヴィル
半島
タリア
半島
ナルア
ディード
ジーンの
最初の家
テルミスト島
エス
エス国
エス川
ドラゴンの
飛ぶ大陸

1章　それぞれの選択

朝はリシュの散歩から始まる。小さな精霊の姿が見え隠れする中、蔓《つる》を払って山の手入れをしたり、染色の材料になる虫瘤《むしこぶ》を集めたり。その後、果樹園で不要な花を摘《つ》み、葉や枝の手入れをし、時々現れるカダルと話す。花々や草木のそよぐ中、外で飯《めし》を食べ、ミシュトやハラルファにからかわれる。畑ではパルから助言を受け、水路付近ではイシュに出会い、鍛冶《かじ》などの火を使う物作りをしているとヴァンが覗《のぞ》きに来る。夜、リシュにブラッシングしていると、部屋の暗がりからルゥーディルがこっちを見ている。

これが俺の日常。散歩や作業をしない時や、余った時間は世界を見て回ったり、こちらの世界の生活を気まぐれに体験して過ごしている。

雨の日は怠惰《たいだ》に、雨音を聞きながら本を読む。1人がけソファの肘《ひじ》かけに足をかけ、反対側に寄りかかって行儀悪くしながら、菓子を摘まむ。

リシュが自分の尻尾をくるくると追いかけ、妙な体勢でこてんと転んではキョトンと座り込む。そして視界に尻尾が入ると、また追いかける。可愛い。

最初は回復するのか不安なほどだったけど、今は元気いっぱいに動き回っている。好奇心旺盛でも何かを壊すようないたずらをすることもなく、俺の言葉をよく聞き分ける。精霊だからかリシュだからなのかはわからないけど、頭がいい。

その辺の野良精霊と話すと、結構支離滅裂《しりめつれつ》というか、精霊の価値観で言葉を選ぶので、慣れるまで意思の疎通《そつう》に難儀したし、やっぱりリシュの頭がいいんだな。

新しく寄ってくる精霊との付き合いも、名付けた精霊を通してそれなりにうまくやっている。名付けの時間以外は遠慮して欲しいとか、畑の野菜を引っこ抜かないようにとか。

山にプラムを収穫しに行ったら、木に生《な》ったままの実から、ぱつんとした果実はそのままに、全部に新しい芽が出てたとか。苺《いちご》の木の下に敷くために納屋に置いておいた藁《わら》が、青々と元に戻ってたとか。樽《たる》の鉄箍《たが》が金に変わってたとか。

精霊がやらかすことにちょっと呆然《ぼうぜん》となることも多かったが、最近はうまくやっている。果実を甘くしてくれるとか、畑に水をやってくれるとか、俺が喜ぶことがわかってきたみたいでとてもありがたい。まだ時々びっくりするような状態になってて驚かされることもあるけど。

コーヒーを飲みながら、リシュを眺《なが》め、ちょっと感慨深くなる。

昨日はゴロゴロしたので本日は冒険者ギルドへ。

頼まれていた鞄《かばん》——バックパック？　をギルドに置きに来た。ただし、革で作る前に布で作った試作品をいくつかだ。どうせバラして構造を見るだけなので問題ない。こっちの世界のずた袋が、バックパックに変わるのはすぐだろう。何せあのサンタが担《かつ》ぐみたいな袋は、移動も出し入れも不便すぎる。中身全部をぶちまけたい時は別だろうけど。

俺は商業ギルドにも登録しているが、冒険者は売買に制限を受けるため、冒険者ギルドが代理で商業ギルドに商品の登録をすることがある。

冒険に便利な商品であるのが条件で、冒険者ギルドを通す分、懐《ふところ》に入る使用料のパーセンテージは低くなるけど、支払われる期間が3年ではなく5年と長い。

この鞄は、ただの袋より便利でロングラン間違いなしだだし、ギルドを通すと冒険者に広まるのが早いし、誰が金を受け取るのか表に出にくいし、ここはぜひ冒険者ギルドを通したい。

それに仕様書らしきものと現物を渡せば、あとは丸投げで済む。面倒がない。冒険者の大半は文字が読めないから、ギルドが代行する部分が必然的に多くなるみたいだ。

掲示板に貼ってある依頼票はやたら絵が多くてちょっと不思議だったんだけど、冒険者のみならず、自分の名前が書ければいいぐらいの人が多くて、識字率が低い。ハンコみたいに自分の紋章を押して署名代わりにしてたりする。

こっちの動植物の見分け方とか自信がなかったから、依頼票の絵がありがたかった思い出が俺にもある。

手続きを終えて、前回調査報告を押しつけて先に帰った挨拶《あいさつ》をしようと、酒場とかに目を向けてみたが、ディーンたちはいなかった。

家は知らん。調査に出発する前、森の精霊の様子を見るようにディーンに頼まれたが、それについては探索中にも何度か話してるし、会えなくても問題ないな。


さて、今日は何をしよう。――よし、石鹸《せっけん》を作ろうか。

この近辺の石鹸は獣脂《じゅうし》から作ったもので、作る時にものすごい臭《にお》いがするし、出来上がりも精製し切れないのか少々臭う。ちなみに石鹸を作る時に分離したグリセリンも流通している。どっちも高いけど、獣が周辺でたくさん獲《と》れる分、カヌムは他の街より安いかな。

石鹸の基本材料は、獣脂と草木を燃した灰、油脂とアルカリ剤か。こっちの石鹸が固まり切らずに柔らかいのは、灰のアルカリ性が弱いからだろう。

日本の、というかフランスのマルセイユ石鹸って、オリーブオイルと海藻だったはず。海水はナトリウム――アルカリ性だ。そういうわけでまず海に行こう。

思い立ったが吉日で、海に行って材料を【収納】してくる。オリーブオイルは『食料庫』からいくらでも出せるし、こっちには海藻を食べる文化がないのか取り放題。

住民にすごく変な顔で見られて、慌てて人のいないところに移動した。海藻のついでにタコが獲れて喜んでたせいかもしれないけど。

今のところ俺の知ってる港町に限るけど、こっちの世界は、烏賊《いか》はよくってなぜかタコがダメ。まあ、タコって足1本ずつに脳みそついてて、本体と合わせれば脳みそが9つ、心臓は3つ。俺もタコが魔物化したら嫌な予感しかしない。

気軽に石鹸を作り始めたはいいけど、一発でうまくいくはずがなく、3日ほど海藻を焼いて灰にしたり、海水入れて煮込んでみたり。

試行錯誤して、薄いオリーブ色の固形石鹸が完成した。出来上がったあとにムクロジの存在に気づいたんですが、気のせいです。……まあそんなこともある。

ムクロジの種は黒くて、「羽根つき」の羽根にも使われるあれだ。種の周りの果皮《かひ》は石鹸みたいに泡が立って、界面活性作用もあるからそのまま石鹸代わりになる。カワラフジノキの実も同じだけど、この辺では見かけない。

シーツ類で絹製のものを買い足したが、絹は石鹸のアルカリで傷むので、洗うのならば、むしろムクロジとかカワラフジノキの方がいいというオチが。

いやでも、体を洗ったり、手軽なのは石鹸だな。作るのが全く手軽じゃなかったけど。石鹸のレシピはわかったので、次回からはもっとスマートに作れるはず。

それはそれとして、ムクロジを移植するために山の適当な場所に穴を掘る。手伝っているつもりか、隣でリシュも土を掻《か》いて可愛らしい穴を掘っている。うちの子可愛い。

ほんわかしつつも、午後の数時間は森で精霊を追いかけ回し、家でも名付けを行っている。魔法も試したいのだが、名付けだけで魔力を使い果たして倒れそうなんで、壊れた精霊の件が落ち着くまで無理っぽい。

家の山にも生えていた野生のアスパラガスとタンポポの若葉を取ってきてサラダに。こっちではこの時期、タンポポをよく食べる。

ガクが反《そ》り返っているのは西洋タンポポ、花弁《かべん》を支えるように上を向いているのが日本古来のタンポポ。ここのはガクが反り返ってるので西洋タンポポ系か、でも葉がちょっと違うかな。

こっちの世界の植生は、元の世界ととてもよく似ているようでほんの少し違う感じ。呼び名もほぼ一緒——いや、単に俺の知識からある程度置き換えられてるのかな？　能力としてもらった【言語】がどういうものかイマイチわからない。

たとえば、遠い場所に【転移】すると、俺にとってはちょっと訛《なま》ってるかな？　と思える言葉が、他の人には別の言語なのだそうだ。俺の方は普通に話しても通じるし、よくわからん。

感覚としては日本語で考えて、日本語で話しているし、相手も日本語なんだけど、どうやら違う。便利なんでいいんだけど。

精霊たちにもらった地図は、「中原《ちゅうげん》」と呼ばれる元は大きな国があった場所を中心に、世界の一部が表示されている。ざっくり説明すると、陸は翼を広げて火を吐く竜の上半身みたいな形をしている。下半身にあたる東側は、魔の森に飲まれて不明。

俺の家は、「竜の下顎《したあご》」と呼ばれる場所にある。姉たち勇者がウロウロしてるのは「竜の瞳」と呼ばれる地域。「下顎」は顎のつけ根に山脈が連なっていて、帆船《はんせん》での交易はあるが陸路は他と隔《へだ》てられている。

山を挟んだお隣にはアッシュたちの国。カヌムの街のあるアジールは、アッシュたちの国からさらに東。魔の森に近い。

移動手段が徒歩か【転移】なのでスケールがさっぱりわからないのだが、この大陸に大小多くの国がある。というか、俺の家がある山が「国」なので、県どころか市単位で国を名乗ってるレベルかも。

国が多すぎ、勝った負けたで領土が変わりすぎて覚え切れない。もらった地図がこれまた反則で、領土が変わったら国境線も変わるので大助かり。何が助かるって、国境線がジリジリ動いてるところは戦争中なので近づきません。

この魔の森を越えて東に行ったら、日本っぽいところないかな？　どんな魔物がいるかわからんので、いきなり【転移】は控えたい。魔の森をちょっとずつ奥に進んで確かめながらがいいだろう。ちょっとずつっていっても【転移】は反則な移動距離なんだが。

当面、森の傷ついた黒精霊をなんとかしたいから、ある程度の数を取っ捕まえ終わるまで新しい場所の開拓は日帰り程度かな。

おっと、森でかち合わないように、アッシュやディーンたちの討伐《とうばつ》予定を確認しとこう。

◆◇◆◇◆

次の日は、商業ギルドに回復薬の納品。2日続けてカヌムで真面目《まじめ》にお仕事だ。冒険者ギルドで何かすると、商業ギルドにも寄らなくちゃって気になるんだよね。

納品を終えて冒険者ギルドに顔を出し、運よくレッツェを捕獲《ほかく》。

「じゃあ、ひと月後には出発なんだ？」

ギルドの酒場に引っ張り込んで、早速討伐予定を聞き出す俺。

「アメデオ次第だけどその予定だ」

アメデオというのは金ランクの冒険者で、今回の討伐にあたってギルドが呼んだらしい。たまたま他の依頼を果たした直後で体が空いていたのだそうだ。休息を取ったあとなら——ということで、こちらへの移動と合わせてひと月後と決まったそうだ。

春の終わりか、初夏には出発、俺たちが調査に行った場所からそれより奥の場所にかけて、魔物の数を見ながらしばらく泊まり込んで数を間引くのだそうだ。

今回の討伐、数は多いもののまだそんなに強い魔物は生まれていない、というギルドの判断だ。いても1体か2体くらいで少なく、アメデオがいればどうにかなるという考えのようだ。

この街にいる銀ランクは、重要な依頼中や怪我人《けがにん》などでなければ強制参加、鉄にも招集がかかっている。

銅ランクは鉄の星3つ以上の推薦があれば参加できる。今回の条件ならば、普通の銅ランクは星を得るためと、金や銀と近づけるチャンスとあって喜んで参加するだろうって。経験豊富な強い人に、討伐の仕方や魔物についての知識を習えるし、人によっては、たとえ荷物持ちであっても金ランクのいるパーティーに入りたいらしい。

アッシュもディーンとクリスの推薦で参加。執事の場合、アッシュが行くなら参加だし、アッシュは星が欲しいわけでなく、貴族として民が危ないのならば戦うのは当然らしい。

今回討伐の主力となる金ランクのアメデオは、もうすぐ金に上がるという噂の魔術師とコンビを組んでると聞いた。魔法での戦いをちょっと見てみたかったのだが、国を股にかけて活躍するような冒険者とはお近づきになりたくない。だから俺は、討伐には参加しない。

魔物が増える原因は黒精霊が憑《つ》くから、というのは冒険者ギルドでも把握している。俺以外にも精霊が見える者がいるんだから当たり前だが。

今回の魔物の急激な増殖は、中原諸国が小競り合いを繰り返しているので、その地域の魔術師か呪術師《じゅじゅつし》によるものだろうと言われている。黒精霊を生み出すような術の使い方は、忌避《きひ》はされるけど容認もされてるみたいだ。

戦争中に綺麗《きれい》ごとなんか言ってられないというのもあるけど、見えない人が大半で、自分たちに被害が少ないから、精霊が使い潰《つぶ》される。

無理やり魔力を使われた精霊は、おのれを使った当人をまず恨む。だけど、呪文や魔法陣には使用者の安全を確保するものが組み入れられていて、その場で恨みを晴らすことは難しい。

手出しできずに、傷ついた精霊は逃げ出す。魔物のいる——黒精霊避《よ》けのない、辺境の地へ。

結果、ここのような魔の森や、北の黒山《こくざん》、西の滅びの国の魔物が増える。南のドラゴンの大陸にも増えてるんだろうけど、そっちは人が行かないんでよくわかってない。

群雄割拠《ぐんゆうかっきょ》している中原というのは、「竜の首」のあたり。カヌムのあるアジールは魔物との緩衝《かんしょう》地帯扱いらしく、国同士の戦いとは縁が薄い。代わりにどこかで戦争があると、今回のように魔物が増えて対応に追われることもしばしば。魔物がいるから潤ってる部分も多いので、争いを止めるために積極的にどうこうしようとは思っていないようだ。

アッシュの国は時々領土争いに参加していて、姉のいる国は昔から勇者が滞在する国で、強国というか、帝国と呼ばれていくつかの国を支配している。なんでか名乗る時はシュルムトゥス「王国」、なんだけど。

俺の家のある国は、周辺諸国も含め、山脈のせいで中原から分断されてて平和。顎のつけ根の山脈は標高の高い険しい山々が連なってるし、下顎半島の中も山で分断されまくりなので、海に面した国はともかく、国際情勢から取り残された小国がたくさんある。

「それにしても、通常の依頼もやってるのか？　ゆっくりすればいいのに」

アッシュは真面目に熊狩りに通い、レッツェもせっせと依頼をこなしている。

「討伐の派遣が決まって、回復薬に使う素材が値上がりしてるから稼ぎ時なんだよ」

稼ぎ時って言うけど、価格の上がった薬草をみんなが採りに行くせいで、採取の効率が悪くなってる。金貨草《きんかそう》の群生地をディーンが内緒にしてたように、レッツェもそんな秘密の場所を持っているのだろう。

「ところですまん、前言撤回で悪いが、布で鞄を作ってくれないか？　もちろん金は出す」

「布で？」

「ああ、布で。ギルドが急《せ》いて、討伐までには商品化するって聞いてな」

俺は討伐の不参加を宣言している。なんとなく後ろめたいのもあって、レッツェたちに鞄——こっちにザックやバックパックという商品がなかった——を作るか聞いたのだが、その時はレッツェに断られている。

レッツェ曰《いわ》く、素行が多少悪くても、この討伐に参加して何匹か狩れば必ず星がもらえる、どんなのが来るかわかんねぇ、とのこと。あんまり目立つものを持ってると奪われる可能性が高いらしい。

鉄ランクには、強くても星が足らず、銀への昇格試験を受けられずにいる奴らが大勢いるんだと。星は依頼達成の数ではなく、ギルドや地域への貢献度とでもいうべきもの。鉄ランクの星の条件は結構簡単っぽいんだが、どんだけ素行が悪いのか。

ただ、住人も討伐はしてもらわねば困るので、多少のトラブルは目をつぶる傾向があるそうだ。終わったあとは容赦《ようしゃ》ないみたいだけどね、住人も結構強《したた》かで現金だ。

銅ランクが星を得るのは簡単、鉄ランク以上がなかなか2つめの星をもらえないのと違って、同じことをするだけで星がもらえるから。回復薬の納品で試験に必要な星をぶっちぎっている俺だ。試験は受けないけど。

鉄ランクのレッツェはともかく、ディーンとクリスは銀ランク。鉄ランクに絡まれることはまずないので、すでに狩ってきた皮を預かり、鞄を作る約束をしている。

「じゃあ、ここで背中測ろうか?」

ギルドの酒場は防具の手入れをしても怒られない場所なので、ごそごそしてても平気。長旅だし戦闘になるわけだし、ちゃんと体型に合っていた方がいいに決まっている。

「ああ、頼む」

肩幅と、肩甲骨《けんこうこつ》あたり、胴回り、それぞれ紐《ひも》で測ってメモる。

「くすぐってぇ」

そう言われるとつつきたくなるんだが、つついても大丈夫な距離感だろうか？　人間関係はまだ学習中なので、大人しく真面目な顔をして測るにとどめる俺。でもつつきたい！

そろそろ物作りもしたくなってたところ。それにそうか、鞄が目立たなければいいんだな。20日後に会う約束をして借家に帰る。アッシュたちの分も作るし、しばらく縫い物三昧《ざんまい》だ。


まずは下準備。皮の鞣《なめ》しと染色はもちろん、レッツェ用の布を選んでこよう。丈夫で軽くて防水。防水布って、蝋《ろう》を塗ったりキャンパス地に油を染《し》み込ませたりなんだよな、こっち。

……ゴムの木に適した気候って、年中高温多湿なとこか。レインコートの布は薄い生地の間に溶かした天然ゴムを塗って、圧着《あっちゃく》のあと火にかけるんだったか。でも劣化が早いし、服ならともかく重いものを入れて伸びたら一発アウトな気がする。やっぱりトカゲ君の皮が便利だな。

そういうわけで、表は一般的な防水布、裏地をトカゲにしてみた。背中側は少しフェルトを詰めてクッションをつける。レッツェのリクエストで色はモスグリーン。気にせず革で作ったディーンとクリスの分は黒。アッシュと執事はどうしようかな？　って、前に聞いた時は、レッツェと同じく断られたんだっけ。いるかどうか、もう一度確認しよう。

日々、せっせと鞄を作る。こっちは普通の防水布か牛の皮で。持ってる人がたくさんいる方がレッツェたちも目立たないだろう。俺の鞄が原因でトラブルに巻き込まれて欲しくない。

森の黒精霊と追いかけっこする場所は、野営地の川沿い周辺に変更。魔物は無視して精霊を捕まえるお仕事です。この周辺の精霊と黒精霊に名付けをして、契約を増やしている。

枝葉の水滴の精霊は、暖炉の精霊と同じく、離れていても様子を伝えてくれる能力がある。見た風景を水盆《すいぼん》に映してくれるのだ。

人が魔法を使っているところが見たいんです。この周辺、片っぱしから名付けて盗撮ポイントに抜けがないようにしなくては。

ついでにアッシュたちの手助けをお願いしとこう。ほんの少し運がよくなる程度、ほんの少し疲れが癒《いや》せる程度でいい。群がって目立たないよう、十分言い聞かせる俺。

金ランクのアメデオさん、精霊を見ることができるので有名なんだそうだ。気をつけないと。

さて、昼だ。鯛《たい》を捌《さば》いて切り身を作る。塩、粗挽《あらび》き胡椒《こしょう》を振って小麦粉を薄くまぶす。オリーブオイルで皮の方からじゅっと焼く。ぱりっとした皮は正義。

たっぷりのニンニクのみじん切り、赤唐辛子《とうがらし》、オリーブオイルを弱火にかける。ニンニクの香りが立ち始めたらアサリと菜の花を投入。ニンニクって、作ってる時と食べてる時はとてもいい匂いだ。

絡めるようにちょっと炒《いた》めて、酒を振って水を加えて蒸し焼き。口が開いたらレモン、オリーブオイル、醤油で味を整えて、熱いうちに鯛の皿に回しかけて出来上がり。

鯛もアサリも菜の花も春の旬、菜の花は食料庫のだけど。鯛の身はふわっと柔らかく、ニンニクの効いたアサリもいい感じ。成人してたら白ワインでも開けるところだろうか。

夜はカレーにしようかな。森で名付けまくって、家に【転移】して倒れ込み、心配したリシュにふんふんと嗅《か》がれる毎日。夜のメニューは盛るだけのスープ系が増えてきた。

倒れ込む床にふかふかの絨毯《じゅうたん》が欲しくて、行ったことのない国をうろうろしたりもした。手に入れた絨毯は、ダブル・ノットという二重結びで織られて、とても丈夫、それでいてとても細かい鮮やかな模様と色のシルク絨毯。細かすぎて指の細い若い娘さんしか織れないという、なかなか男性諸氏の妄想《もうそう》が捗《はかど》りそうな絨毯だ。

【転移】は最初、広い場所にってことで、テラスに【転移】して窓を開け、居間に倒れ込む感じだったんだけど、きっちりどこに何があるかの記憶があれば、狭いところにも【転移】できることが判明した。

今日の午後はアッシュたちとの待ち合わせがあるので、森はお休み。鞄を渡して、討伐用の買い出しに付き合う予定だ。買い出しにはちょっと早い気がしたが、直前になると他の参加者とかぶって値上がりしてたり、欲しいものがなかったりするのだそうだ。


「おう、ニイちゃん綺麗《きれい》な顔してんな、ちょっと付き合えよ」

そして冒険者ギルドで絡まれてる俺。

回復薬を冒険者ギルドにも売ってるんだけど、無言というわけにもいかず、時々こうして絡まれる。俺の存在が意識されるのは、声を聞くか聞かないか、っぽい。それでも直接交流を持たなければ、視界から消えたら忘れられるんだけど。

全く認識されないと生活に支障が出そうだから、これはこれでいい具合なんだろう。

「いいじゃねぇか、ちょっと酌《しゃく》しろよ」

スルーしてたら腕を掴《つか》まれた。なので、腹に蹴《け》りを1つ。体を折り曲げて頭が下がったところに踵《かかと》を落とす。なお、無言ならば殴《なぐ》っても忘れられる模様。

絡まれ方が女性じゃなかろうか、普通は金出せとか奢《おご》れじゃないのか？

「ジーン様。それ以上は大怪我というか……」

ギルド職員が止めてくる。絡んできた時点で止めろと思うのは俺だけだろうか。

「回復薬が売れていいじゃないか」

冒険者ギルドのカウンターでも売ってるよね？　踏み潰す気満々で力を込めていた足を男の頭からどける。頭潰して回復薬が効くか謎だな。

「ジーン殿、大丈夫か？」

「おお、よりによって宵闇《よいやみ》の君に絡むとは！」

「お前、全部無言で済ますのやめろ」

「ジーン、周りがドン引きだから場所を変えようか」

酒場の方から出てきたみんなに回収される俺。ディーンとレッツェは俺の心配はないのか！

「あの容赦ない黒熊に絡むなんて、勇気あるな……」

「よそ者だから知らねぇんだろ」

「警告なしで来るからな」

「警告がありゃあ、その間に職員が止めに入るのにな」

「黒熊に絡んだ時点で終わりだろ」

なんか他から囁《ささや》き声が聞こえてくるんだが、とりあえず黒熊って俺か？　二つ名を付けられるならせめて狼《おおかみ》って思ってたけど、もう手遅れだろうか。

警告なしなのは、あとで絡まれないための処世術であって、短気なわけじゃないぞ？

「昼の時間も過ぎましたし、ハノンの店でいかがでしょう?」

執事の提案で、近くの飯屋に移る。立ち飲みのパブみたいな店が多い中、ちゃんとテーブルと椅子がある。その分少々高めなので、昼の少し安い煮込み料理の時間が終わると人が引く。

「人数分の酒とチーズを」

そして昼以外は酒の店なのだった。

執事の注文に店員が返事をし、すぐに酒が用意される。俺は日本では飲酒ができない年齢だが、こちらではそのあたりは決まっていないらしく子供でも飲んでいる。

さすがにアルコール度の高い蒸留酒は与えないっぽいけど。水が悪くならないよう酒が混ぜられていたり、保存が利くカロリー源扱いなのだ。

こっちの酒はこっちの流儀に則《のっと》って飲む。食料庫の酒は20歳になるまであと1年とちょっと待つ。なんとなく決めて過ごしている。

「全員での再会を祝して、乾杯をしようではないか」

クリスの言葉で、杯《さかずき》——といっても木をくり抜いたコップだが——を目の高さまで上げる面々。コップに驚いて顎の精霊が引っ込んだけど、すぐ出てきて顎に配置。愛されてるなクリス、きっと顎ならなんでもいいわけじゃないよな?

「調査が終わったあと、みんなは何してたんだ?」

「ギルドとの打ち合わせだよ、ディーンが逃げたからね！」

「クリスの補佐と薬草採り」

ディーン、逃げたのか……。レッツェに皺《しわ》寄せがいってる気配。俺も早々に抜けたのでそこは突っ込まないけど、荷物持ちだった俺と違って調査依頼を受けた張本人だよな？

「俺は新居探し」

「新居？　借家から引っ越すのかね？」

ディーンの言葉にクリスが尋ねる。

「妹と一緒に住んでたんだが、甘やかしちまうから俺が家を出て宿屋暮らししてんだよ」

代わりに妹に厳しかった母親を呼び寄せたらしい。今は家事をぎっちぎちに仕込まれてると聞いた。ギルドでは花形の受付から裏方に回されて、基礎から鍛えられているんだそうだ。

俺に関係がなければ私生活の方はどうでもいいけど、仕事は責任持って給料分やって欲しい。一応冒険者は命がけなんだし、正確な情報は欲しい。大元のギルドがいい加減だと困る。

「私は熊狩り」

アッシュはブレないな……。

ここのチーズは、でかい盆に何種類か載せられてきたものから好きなだけ選べる。当然選んだ分だけ金はかかるが、結構楽しい。

断面は真っ白なのに表面が煤《すす》で汚れたようなチーズがいくつか。聞いたら山羊《やぎ》のチーズ独特の酸味を和《やわ》らげるために、木炭粉が掃いてあるそうだ。山羊チーズには結構多い模様。

他に白カビチーズに青カビチーズなどなど。日本で食べてたチーズより総じて癖《くせ》があるんだけど、慣れてきた。高い店に行けばこういうチーズも食べる機会があったのかもしれないが、プロセスチーズか、ピザにかかってるチーズくらいしか馴染《なじ》みがなかったんだけど。

あとで4種類のチーズピザを作ろう、それに蜂蜜《はちみつ》をかけて。餅明太《もちめんたい》ピザでもいいな。

薄切りのバゲットがチーズピザについてきたので載せて食べる。鼻腔《びくう》に残るチーズの匂いをワインで流すといい感じなことを知った異世界生活。

こうなると、早く『食料庫』の酒にも手をつけたい。……いやいや、自分で決めたルールくらいは守ろう。『食料庫』の酒は20歳から！　それまではこっちの世界の酒で我慢！

「そういえば俺、黒熊って呼ばれてる気がするんだが」

「気じゃなくって呼ばれてるぞ。アッシュと2人して熊の印象が強いんだろ」

そう言いつつ、ディーンが店員を呼んで肉を追加した。

「時々アッシュ様をジーン様とお間違えになる方もいらっしゃいます」

執事がアッシュのカップにワインを注ぐ。

多分、俺を認識できてない冒険者は、俺の熊狩りの話をアッシュの話題だと勘違いするのだろう。迷惑かけてるかな？　あとで何かご馳走《ちそう》しよう。

「二つ名が付くなら狼がよかったな」

「宵闇の君のアイリスのような容姿には、熊は似合わないね！」

クリス……。俺、アイリスっていうとアガサ・クリスティの小説を思い出すんだけど。国立西洋美術館の黄色いアイリスも。普通はアイリスっていったら青紫なんだろうけれど、俺の場合は完全に黄色だ。物も人も、受ける印象は人それぞれだな。

「狼は『王狼《おうろう》バルモア』がいるからな、恐れ多くてつけらんねぇだろ！」

なんか自分のことのように、嬉しそうに踏ん反り返るディーン。さてはそのなんとかのファンだな？

「行方不明になって久しいが、まだその名は衰えねぇな」

チーズに手を伸ばしながらレッツェが言う。行方不明の伝説の冒険者ってところなのか。

「ディーン様はバルモアの信奉者《しんぽうしゃ》でございましたか……」

執事が言う。

「おう！　やっぱかっこいいよなぁ！」

きらっきらしてるディーン。王狼バルモアのお気に入りのエピソードを語り出す、どうやらディーンが冒険者になったのは単純な理由らしいな。それで銀まで行ってるんだから才能もあったんだろうけど。

「アッシュ、こっちのチーズすごく臭《くさ》い」

「む」

鼻腔に臭いが居座って、他のチーズの味がしない！

しばらくディーンの王狼バルモアの話を適当に聞きながら、ワインとチーズを楽しみ、ちょっと会話が落ち着いたところで鞄を取り出す。

「これはクリスとディーン、こっちはレッツェたちに」

レッツェにも作ることや、冒険者ギルドからも頼まれているとアッシュと執事に話したら、欲しいとのことで作ってきた。

5人分作ると知って、アッシュから納期の短さを心配されたが、余裕でした。【生産の才能】は便利で4、5回作れば型紙もいらなくなる。鞄も今では型紙不要で、印をつけることもなく布や皮をいきなり裁断できる。

デザイン的な才能も【生産の才能】に込みだったらよかったんだけど。まあ、一から考えたわけじゃなく、日本の鞄の記憶を元に作ってそうそう酷いことにはならないけど。

「おお、ありがとう」

ディーンが黒い革の鞄に手を伸ばしたのを始めに、次々と持ち主の手に渡る。

「代金をお確かめください」

「はいはい」

執事からはアッシュと執事分の代金をもらい、他からも受け取る。俺の鞄は、鞄が入ってた時より重くなった。

「あれ、これ内側……」

外が布で内が革張りなのに気づいて、びっくりしているようだ。

「丈夫にしてみた」

「値段とつりあわねぇだろ」

呆《あき》れ顔のレッツェ。

「こちらも……」

「うむ」

執事とアッシュがそれぞれの鞄を開いて覗き込んでいる。

「無事帰ってきたらなんか奢ってくれ」

「わかった、帰ったら樽で奢る」

いや、あの未成年だからね？　こっちでは成人してるけど。こちらの流儀に合わせるといっても、さすがにそんなに飲んだことはない。

「料理の分はこちらで出させてください。場所はここでいいですかな？　牛を1頭手配しておきましょう」

「うむ」

執事の言葉に頷《うなず》くアッシュ。

牛来た！　豚と鶏肉はよく使われるが、飼育により多くの投資が必要な牛肉はお高い。ちなみにこっちでは、空を飛ぶ鳥が一番いい肉とされている、なぜなら飛ぶから。なんでやねん。精霊が飛んでるからか？　牛は1キロおおよそ銅貨2枚だったかな？　1頭はおいくらなんだろ？　金貨10枚いってしまうんじゃなかろうか。

「私も出すから参加してもいいかね？」

「俺も、俺も」

クリスとディーンも乗ってきて、討伐終了後の打ち上げが決まったようだ。参加しない俺だけ無料コースなんだが。

その後は討伐用の買い物。ダッチオーブン風の重たい鍋をアッシュとディーンが担いでいくことになったり、執事とレッツェにレシピを書くことになったり、買い食いしたり。毒消し、砥石《といし》、虫避けの調合材料、干し肉、干し魚。

「無理せず、無事戻ってこいよ」

「まだ会うだろ」

俺の言葉にディーンが肩をすくめる。

「いや、しばらくギルドに行くの避けようと思って」

「ああ、ガラが悪いのが集まってるからな」

レッツェが言う。精霊が見える奴に会うと色々ボロが出そうだからなんだが、まあいいか。

「アッシュは絡まれなかったか？」

「金を寄越せと言われたが……。すぐに離れていったな」

ああ、眉間《みけん》に皺が寄ったんですね？　いや、待て。アッシュは金を強請《ゆす》られたのか？　おかしくないか？

「熊を担いでいるのをすでに目撃してるのも多い、滅多《めった》なことじゃアッシュに絡まないと思うぞ。まあ、絡まれたら俺を呼べ」

「うむ。月光の君とレッツェは絡まれたら遠慮なく私の名前を出すがいい！」

銀２人が請け合ってくれる。

「私も対処いたしますので……」

執事が申し出る。この執事、いつも柔和に笑っているけれど暗器《あんき》の１つ２つ隠してそうな気配。その辺の精霊より大きい精霊《つよい》を連れているし。

アッシュと俺は前回の調査のお陰で青銅から銅に上がっている。三本ツノを持ち帰った調査ということで、星も1つついている。

「あれ、同じ方向か」

まだ飲んでいくというクリスとディーンと別れ、4人で路地を進む。別れの挨拶をしたにも関わらず、レッツェは同じ方向だった。

「アッシュたちはご近所さんだな」

「うむ」

「俺は魔の森に近い門のそばに部屋借りてるんだ。安いしな」

魔の森に近くてなんとなく嫌がられているエリアな上、イベントの時しか開かない。依頼を受けるギルドからは距離がある、冒険者にも微妙に不便な場所だ。

「なんか大家が最近流行《はや》りのトイレ工事をして、賃上げするって言ってて」

レッツェの愚痴《ぐち》に、アッシュと執事が俺を見る。

「排水とトイレを新しくすると快適なのだよ」

「今から考えると、なぜあの臭いに耐えられたのか不明です」

トイレ工事を勧《すす》める2人。食料やら討伐に持っていくもののお勧めをし合っていたが、今日一番のお勧め品はトイレに落ち着きそうだ。すでに布教に近いかもしれない、いいことだ。

「むう」

難しい顔で考え込むレッツェと別れて、それぞれ家に。

暖炉に火を入れて家に【転移】。カヌムの家の暖炉に火を入れるのは、住んでいる偽装と来客の知らせを火の粉の精霊にお願いしているため。カヌムの家に来客の気配があると、こちらの暖炉の火が騒いでお知らせしてくれる。

水滴や朝露の精霊もそうだけど、小さな精霊同士が繋《つな》がる種類がある。増えることで力をつけるタイプ。遠くても意思の疎通ができるし、影響を及ぼし合う。暖炉の中にいる精霊もその類《たぐい》。

駆け寄ってきたリシュをしばらくぐりぐりと撫《な》でて、牛乳を飲む。夕食はカレーを食べるつもりだったけど、買い食いもして腹が空いていない。風呂に入ってゆっくりしよう。

そういえばアッシュの家の風呂はどうなったのかな？


さて、今日はもうちょっと森の奥に行ってみようと思う。調査や討伐隊は川沿いに進むことがわかっているので、そこから外れた場所に移るつもりだ。盗み見のための精霊の名付けはそろそろ十分だし。

俺のもらった地図は、東側が森で不明瞭になり途切れている。どうも俺と会った神々の力が及ばない地というか、知っている精霊がいない地、ということらしい。

黒精霊を追い回すのもそこそこに、森を進む。イタチやハクビシンの魔物も出るが、それほど厄介《やっかい》ではない。倒そうとすると、穴蔵《あなぐら》とかに逃げられて厄介になるけど。

狼や熊の三本ツノ、こちらも行動パターンが一本のヤツと似てるので余裕。俺の方が速いし、力も強い。猪《いのしし》と野豚。野豚は家畜が逃げ出したのかな？　こいつらは美味《おい》しいので、狩りまくられて浅い森には滅多に出てこなくなったのだそうだ。普通は自分より強い魔物から逃れて移動するんだけどな。

城塞《じょうさい》都市では意図的に豚を森に放って、魔物の豚を作り出していると聞く。美味しいって聞くと正直食べたくなるけど、なんか微妙な気分になる。

三本ツノの猪が突進してくる。猪突猛進《ちょとつもうしん》というが、猪は存外小回りが利く。勢いは言葉通り。体高は俺よりあるが頭を下げて喉《のど》を見せない。

引きつけてギリギリで躱《かわ》しながら、剣を猪の目に突き刺す。『斬全剣《ざんぜんけん》』を使っているが一応柔らかいところを狙ってみた。調査のオオトカゲや狐《きつね》の対応で、少し反省した俺だ。

急いで【収納】にしまう、牡丹鍋《ぼたんなべ》にしよう牡丹鍋。

野豚も野生だと、牙が生えているし、ツノはあるしで結構危険。だが、肉も魅力だが豚毛のブラシをリシュに作りたいので、これも積極的に狩る。

つい黒精霊を深追いしてしまったり、野豚を追ったりでなかなか深部には進めない。途中で薬草も採取、森の奥は荒らされていないので取り放題だ。

ちらちら街で噂を聞いて、食べてみたかったアスパラソバージュも発見。つるっとした長い茎《くき》に麦の穂先みたいなのがついている、全体的に黄緑色。

討伐隊はまだ出発もしていないし、そこまで急ぐこともないのでのんびり行こう。討伐隊が森に入っている間に、鉢合わせしないよう奥に進みたいだけだし。

それはいいとして、猪と豚の解体をしたい。もう少し川から離れたら、いい場所を探そう。討伐隊が来ないような奥地に行かなきゃ。


薬草を採取してきましたよ、という顔をして門をくぐる。冒険者ギルドに近づくつもりがないので、肩掛け鞄で出ていって、そこに薬草を詰めてきた。実際、討伐隊で回復薬の需要があるので、多めに納品できないかと打診があったのでちょうどいい。納品にはギルドに行かなきゃならんけど。

借家に戻って暖炉に火を入れる。普通はここで家に【転移】するのだが、たまにはこっちの台所を使わないと。門を真面目に通ってきた関係で、いつもより早い時間だし。

とりあえず湯を沸《わ》かす。薪《たきぎ》もそろそろ買い足そう。

アスパラソバージュをちょっと茹《ゆ》でてみる。食べてみると、シャキシャキした食感、ほんのちょっとのぬめり。甘みを感じ、匂いや癖もなく——。うーん、美味しいけど食感がちょっと。俺としてはヌメッとするなら、いっそなめこくらいヌメヌメしてくれた方が嬉しいんだが。これは執事に押しつけてくる案件。

外に出ると、アッシュの家の台所の鎧戸《よろいど》が開いている。執事が夕食を作ってるのかな？　裏口のドアをノックして待つ。

「これはジーン様」

出てきたのは執事。約束をしていない限り、アッシュが出てくることはない。

「こんばんは。薬草ついでにこれを採ってきたんだが食うか？」

「アスパラソバージュではないですか。採れる時期も短く、春を告げるものとして人気、商業ギルドに卸《おろ》してもいい値がつきますよ」

ここに住んで間がないので、俺が個人相手に商売することはできないが、商業ギルドに卸すことはできる。店や個人相手の商売より安い価格になるのだが、これはしょうがない。

「いや、今から行くのは面倒だし。自分で食うつもりだったんだが、どうも食感がダメで」

「なんと。美味しいのですが……、少々お待ちください」

そう言って引っ込んだかと思うと、笊《ざる》に載せたアスパラガスとソーセージを持ってきた。

「代わりにどうぞ」

「ありがとう」

ソーセージを思わず【鑑定】しつつ、借家に戻る。アスパラガスは俺が調査の時に採った野生のものではなく、栽培ものなのか太くて立派。

アスパラガスは茹で卵とパセリのみじん切りを載せて、焦《こ》がしバターをかけて食べよう。感想を聞かれた時のために、こっちにあるもので料理しておく。たくさんもらったから、半分は明日マヨネーズ醤油で食べるけど。

メインはカレーがあるからそれでいいかな。【収納】は出来立てのまま保存できて便利。カレーをうまく温め返す自信がないし、そもそもジャガイモを入れていると冷えたら質が変わる。

いや、違う。カヌムの家で料理することが目的だった。野菜を適当に切って、鶏と一緒に煮《に》炊《た》き用の壺に放り込み暖炉にかける。小一時間すれば出来上がるだろう。結局面倒になったのは内緒だ。

今のうちに風呂に入るか。今日は風呂もこっちのを使おう、湯は沸かすのが面倒だし【収納】から出すけど。

風呂から上がったら、窯《かま》でアスパラと薄いパンを焼いて、鶏入りの野菜スープと食べよう。暖炉で、もらったソーセージを焼きながら。

2章　聖獣と鹿と馬、そして森の聖域

昨晩はカヌムで夕飯を食べて、今日の朝はアスパラを醤油マヨネーズで。半熟の目玉焼き、焼きたてのパン、コーヒー、グレープフルーツを半分。

朝食のあとは畑をお休みして森の奥へ来た。そしてなぜかユキヒョウと対峙《たいじ》している現在。

「えーと。なんでユキヒョウが……？」

あとなぜ自分の尻尾くわえてるんだ？　目の前に大きなユキヒョウ。……多分ユキヒョウ。太い足、真っ白な毛並みに黒いヒョウの模様、丸い耳、先端が黒い太い尻尾。額に真珠色に淡く輝く、美しいねじれたツノがある。

「……っつ」

ユキヒョウが尻尾の間から声を漏《も》らす。

「何だ？」

「鹿は現れてもいいのかと聞いている」

ユキヒョウの隣に並んだ大きな白い雄鹿が口を開く。大きく枝のように広がった立派なツノも白く、先にはなぜか薄く光る鈴がいくつもついている。額に３つ、赤く丸いツノ。

通訳!?

「鹿は森にいる前提で来ているからな」

だがユキヒョウは寒い山岳地帯にいるイメージがある。

「……っつ」

「うむ、普段はもっと北にいる」

目の周りに黒い隈取《くまど》りがないので、多分魔物ではなく聖獣と呼ばれるものなのだろう。高位の魔物もないのがいるらしいけど、気配からして多分？　昨日に続き、森の奥を目指していたら、向こうから寄ってきた。普段はもっと奥にいるけれど、わざわざ出てきたようだ。

「……っつ」

「頼みがある」

ユキヒョウは案外表情が豊かだが、鹿は真っ直ぐ俺を見たまま微動《びどう》だにせず、口だけ動く。

通訳特化なの？

「何だ？」

「……っつ」

「マジルと契約し、助けて欲しい」

マジルというのは同じ聖獣か？

「マジルとは？」

まさか聖獣ってみんなこんなのじゃないだろうな？　会話内容よりそっちの方が気になる。

「……っつ」

「我が友だ」

……。それでわかるのは熱血少年漫画の主人公だけだと思います。

聖獣の友達ということは精霊系？　それで契約ということは名付け直せということか。あれか、マジルは溶けた精霊か。

「俺で制御できる範囲なのか？　それと対価は？」

「……っつ」

「この森の好きな場所に聖域を作ろう」

「聖域？」

「魔物や黒い精霊、敵意のあるモノを弾《はじ》く」

ということは森に拠点が作れるのか。ここの精霊に名付けるためにはあると便利だ。

「どこに行けばいい？」

「……っつ」

「鹿に乗れ」

棒立ちなんですが、本当に乗っていいのか？　躊躇《ためら》いつつも微動だにしない鹿に飛び乗る。

「うをっ！」

乗った途端《とたん》に走り出した。しかも速く、覚悟がなかったので上半身が後ろに流される。幸い落ちることなく、体勢を立て直してツノに掴まる。ちりちりと重なって鳴る鈴の音が森に消えてゆく。ユキヒョウは音もなく尻尾をくわえたまま前を走る。息苦しくないんだろうか？

視界の端の魔物も精霊もすぐに見えなくなり、飛ぶように周囲の木々が背後に消えてゆく。

「ごっ！」

トップスピードから前触れもなくいきなり止まった。滑ることもないって、どんな物理法則してるんだ。どこもぶつけなかったものの、内臓に来るからやめろ。

「……っつ」

「マジル、マウが来た」

大きな岩と木が寄り添うような場所に向かって鹿が言う。尻尾は離せないものなのだろうか？　ウロボロスの蛇《へび》的なあれか？　マウってユキヒョウの名前だろうか。

のっそりと岩陰から大きな黒い馬が姿を現す。体が透けて肩のあたりが溶けている。

そういえば森の深部には、ユニコーンとかペガサスがいるんだったか。だがこの馬は魔物でもなく、聖獣でもなく精霊だ。まだ何かに憑いたわけじゃなく、馬型の精霊のでかいやつ。

「……なぜ人間を連れてきた！」

唸《うな》るような低い声が響く。

「失礼」

鹿から降りて、そのまま素早く引き倒して馬の首を地面に押さえる俺。動物じゃないから骨折させる心配がなくていい。

「なっ……！」

「はい。お名前は？」

首を傾《かし》げて顔を覗き込む。名前付きの精霊はまず元の名を本人に名乗らせて、契約の言質《げんち》を取る。新たに名付けることもあるけれど、そっちは結びつきが強くなる。溶けた体を治すだけなら名前はそのままでいいだろう。

「……っつ」

「なかなか酷い」

通訳する鹿に変わりはないが、ユキヒョウの耳が後ろにペタッと倒れている。黒いのは経験上説得が無理なんだよ！　半殺しにして屈服させるより穏便だろう⁉

「怖くない、怖くないぞ〜？」

「貴様……っ！」

暴れる馬を押さえつける俺。蹴りは痛そうで食らいたくない。魔力を流しながら押さえること小1時間あまり。足掻《あが》く馬のせいで、地面がえぐれて荒れている。

「くっ……。マジルだ……っ」

「ではマジル、契約を」

「おのれ、人間っ！」

馬の瞳が赤く燃える。

「契約を」

「……契約を」

気にせず同じ問いかけをすると、馬が折れて同じ言葉を返してきた。

契約の時の精霊の言葉は様々だが、その言葉を発したと同時に俺の魔力が大きく動いて精霊に流れるので、契約の可否はすぐにわかる。ごっそり持って行かれたな。昨日もそうだが、今日も黒いのを追いかけ回していないのでなんとかなった。

「ふう。なんとかなったぞ」

「……っつ」

「なかなか酷い」

2回も同じことを言われた！

「おのれ、魔法陣や符《ふ》のついた縄が来るのかと思って油断した……っ！」

馬が悔しそうに言う。

……。もしかして普通の精霊捕獲は力技じゃなくて、そういったものを使って絡め取るのか……。思わず視線を逸《そ》らした俺がいた。

さて、これで望みは叶《かな》えたので聖域を作ってもらえるはず。だが場所の選定がまだだ。

「どこか風景が綺麗で、精霊が近づきやすいお勧めの場所はあるか？」

「……っつ」

「鹿に乗れ」

ここまでの道中を思い出すと馬に乗りたいところだが、残念ながら馬は手負い。

「人間がカヌレに乗るとは。果報者よ」

「……」

馬が言うカヌレとは鹿の名前か？　俺は乗り心地を求めたい。

諦《あきら》めて鹿に跨《また》がる。前触れなく加速するＧがまた内臓に。今回は最初から前傾姿勢でツノを掴んでるので、振り落とされる心配はないけど。

「……っつ」

「ここはどうだ？」

そしてやっぱりピタッと止まる。

「すまん、俺には荒涼としすぎているようだ」

断崖絶壁はやめてください。

「大きな木と下草があって、できれば泉かなんかがあると嬉しい」

快適な場所や美醜《びしゅう》は種族によって異なるのを実感したので、意思の疎通を図るため、具体的に希望を口にする。

「……っつ」

「それが人間の好みか」

話が早くて助かります。そして視界に頑張って駆ける馬が入ってきたと思ったら、再びの加速。馬、頑張って追いついたのに。

「……っつ」

「ここでどうだ」

ごふっと来るのに耐えつつ周囲を見ると、希望通りの大きな木と泉がある。周囲は苔《こけ》が生えて湿っているが、ここだけぽっかりと他の木が途切れて地面に日が差している。黄緑色の柔らかそうな草がひだまりを強調してちょっと神秘的な、ファンタジー風景だ。地図を確認、場所的にもいい。

「ありがとう。俺の希望よりいい場所だ」

「……っつ」

「では結界を張る」

「あ、馬はいいのか？」

「……っつ」

「大事ない、魔物だろうと、そなたの契約相手ならば遮《さえぎ》られることはない」

ユキヒョウから喉を鳴らすような低い音が漏れると、呼応するかのように鹿の鈴が鳴り響く。

ユキヒョウの体毛の白がそのまま光となって淡く広がってゆき、結界が成った。

そして到着する馬。

「お疲れ様」

思わず声をかける俺。この高速の鹿にこの時間差ならすごいよ、頑張ってる。

「……っつ」

「ではな、世話になった」

「こちらこそありがとう」

「……っ!!」

音もなく走り去るユキヒョウと鹿に、馬が頑張ってついてゆく。なんか苦労性っぽいぞあの馬、大丈夫か？　――でもまあ、大丈夫だろう。ユキヒョウが馬を友と呼んでいたことを思い出して心配をやめる。

　地図を見直す。先ほど確認した地図には、表示が消えていたエリアに新しく森と崖が出ていた。神々の力が及ばない場所でも、俺が行った地点なら追加されるということかな？

いや、それにしては通った場所だけでなく、もっと広範囲が浮かび出ている。もしかして契約した馬の分？　馬の行動範囲というかテリトリーなのかな？

　これは地図を完成させるしかない。きっと日本の植生と似た場所もあるはず……っ！　物作りの他にも楽しみができた。

　さて、ここをどうしよう。雨を避ける屋根と風を避ける壁、茶を飲めるテーブルくらいは欲しい。解体は結界の外。泉の水の流れる先ですれば、いらんものは魔物が処理してくれるだろう。作るものを考えるのはとても楽しい。

　与えられた場所であれこれ思考を巡らせ、にましていたら、あっという間に夕方。

　借家経由で家に戻り、駆け寄ってきたリシュを撫でる。今日こそカレーだ！

　玉ねぎ、人参、ジャガイモ、豚バラ肉。ごく普通の家庭のカレー、ただし豚バラ肉はごろりとブロックで。サラダは豆苗《とうみょう》と豆腐でゴマドレッシング。ラッキョウ、炭酸水。炊きたてのご飯にカレーをたっぷりかけて準備完了、いただきます。

ん～。バラ肉も食べ応えあるし、美味しい。やっぱり日本的食生活ができるようにしておいて心底よかった。コンクリートもアスファルトも視界に入らない世界、美味しい食事。リシュのお陰で健康的な生活、1日が終わって浸かる風呂、寝心地のいい清潔なベッド。

クラスメイトの中にはネットがないと生きていけないと言ってた奴もいるけど、俺にはこの生活が合っているようだ。もともとネットは姿をくらますために必要なことを調べるだけで手いっぱいというか、生活が制限いっぱいだったし。本当になんであんなに色々行動を制限されなくてはいけなかったのか。

束縛のない暮らし万歳《ばんざい》！　おかわりしてさらにデザートもいってしまおう。上機嫌でカレーをもう1皿堪能。お次のデザートはヨーグルト味のジェラートとガトーショコラ。

まずはジェラート、ヨーグルトの優しい酸味がカレーの脂《あぶら》をさっぱり拭《ぬぐ》い去る。ガトーショコラは濃厚、とろんとしてゆっくりと口の中で粘りながらとろけてゆく。

自分の好みの家具、自分好みの快適な温度。明日もやりたいことができる。足元にはリシュもいるし、幸せだ。

◆◇◆◇◆

本日は、商業都市として有名なナルアディードに来ている。

森にもらった結界の中に、日本家屋を建てようかと一瞬考えた。だけど、畳《たたみ》を作ったとしても手入れが大変そうで諦めた。書き物をするのでテーブルと椅子を置くし。

どんな家にしようか迷った末に、この世界で最先端のものがあると噂のこの国に来た。確かに窓が大きく、洗練された感じの家が多い。

丸いガラスがたくさん並んで窓を埋めてる。これはガラスを吹いてフラスコみたいに丸く伸ばし、平面に張って平らになった底を繋いでいるからだそうだ。嵌《は》まったガラスの透明度は他で見たガラスより高い。

カヌムや他の国で見かけるガラスは、薄い緑色で気泡がたくさんある。日本なら海辺の土産《みやげ》物屋で売られてる、レトロなガラスの浮き玉の色と言ったらわかるだろうか？　あと分厚い。

下顎半島――正式名称はタリア半島――と隣のカヴィル半島の間の湾に浮かぶ小さな島だ。商人であればどこの国の者でも受け入れ、中立都市を宣言している。正しくは王や領主の実権がほとんどなく、大商人が利権争いをしながら取り仕切ってる。

「ドラゴンの飛ぶ大陸」の端にあるエスや、カヴィル、タリアの2つの半島の国々、遠くはシュルムトゥスに到るまで、文化圏の違う国々を結びつけ、緩衝材になりつつ、うまくバランスを保っている老練《ろうれん》な都市だ。武力による争いがない代わり、大国がバックについてる商人同士の争いなどは、なかなかエグいそうだ。

ちなみに国の首都はカヴィル半島にある。半島の半分に及ぶ結構大きな国なのだが、海に浮かぶ小さな島に都市を作ったところ、類を見ない発展をし、今のナルアディードになった。国名はマリナというが、ナルアディードの方が有名になってしまい、完全に自治をしているような状態だ。ナルアディードが国だと勘違いしている人も多い。

船でどんどん荷が集まり、値をつけられてまた船で運び出されていく。港は入港を待つ帆船でいっぱい、帆を畳んでいても帆船は格好いいと思います。

旅する遍歴商人も健在だが、都市に定住する商人が大多数。こっちに買い付けに来ることもあるが、支店や代理人を挟んで手紙でやり取りをするため、商人の識字能力は必須に近い。

他人を信頼できる制度がないのであれば、自ら現地に赴き自ら仕入れ、自ら売った方が安心だが、商業ギルドが整備されたため、為替《かわせ》に信頼が置かれるようになった。なお、国が発行する為替もあるが、国によっては博打《ばくち》な模様。

『精霊の枝』はもちろんあるが、他にも信仰されている精霊の神殿がある。金貨の精霊ハシムと海の精霊セイカイ。海運中心の商業国家らしい信仰だ。神と呼ばれるほど強い存在。

『精霊の枝』って、どうしてこんな名前なのか調べたら、精霊が寄ってきて、黒精霊は避ける『精霊の枝』が鎮座《ちんざ》してるんだそうだ。そのまんまだった。

家の造りを見るつもりだったけど、つい並んでいる商品に目が行く。精緻な彫刻を施《ほどこ》された文書箱、絹織物、指輪、羊皮紙《ようひし》、鮮やかなドレス。まあ、ドレスはよくわからんというか、フランス人形のように膨らんだアレより、腰から太もものラインが出るマーメード推《お》しです。

何に使うかさっぱりだけど、フォルムがレトロでかっこいい何か。見ているだけでも楽しいが、上質な羊毛と、羊毛の服地、染料、糸、絹、麻などを物色することにする。

ちゃんと商談にならないと本当にいいものは出してくれない店や、逆に見本だけよくて実際の商品はイマイチな店、ある程度の数でないと相手にしてくれない店が多数。なかなか気が抜けない。透明度はないが、赤い地に金の模様が描かれたグラスがかっこよかったので購入。ちょっとびっくりするくらい高かったけど。

石畳を歩く。

小さな山のような島に、ひしめく建物。地面より石畳の面積の方が広いのではないだろうか。窓の形や、扉、格子もチェック。店が出している意匠《いしょう》を凝らした看板も楽しい。

昼は適当に入った店で、手長海老のスパゲティ。頼んでいないのに白ワインがついてきた、水代わりかこれ?

テラス席は港が一望できるらしく、人気の席だ。予約でいっぱいだと言われてしまった。予約、イコール商談のために商人が押さえてる席で、日を変えても座るのは無理そうだ。

大きな手長海老は半分に開き、炭火で焼いてある。香ばしい香りが食欲をかき立て、海老自体も甘い。うん、これも今度真似しよう。

周囲を見ると、何かカップにビスケットみたいなのを浸して食べている。あれか、コーヒーに浸すあの固いビスコッティか。コーヒーあるのか！　……と思って頼んでみたんだが、カップの中身が甘い酒だった。

食事のあとは、この世界がどんな医療レベルなのかを知るために薬の類も見て回る。うん、カカオ発見。すり潰して、様々なスパイスや香料を投入して飲む、不老長寿のお薬だそうです。

「砂糖を入れなきゃものすごく苦いと思うのだが……。良薬口に苦し？」

「一部の貴族階級では砂糖とミルク、バニラを入れて飲むのが密かな楽しみらしいですよ。お陰でさらに値が上がりそうです」

店主が愛想よく言う。必ず値が上がるから、今のうちに買っておけってことか。

1粒1グラム程度が2モンくらい。銀貨1枚出しても75粒、その辺の水夫さんの日当が銅貨1枚。しかもここナルアディードだからの値段で、離れれば離れるほど高くなる。

生産地に行って買ってくるべきだろうか。でも【鑑定】結果的に、発酵させて乾燥させてと、手間がかかってるっぽい。よし、買ってこう。

そういうわけでお買い上げ。バニラビーンズ、イエローマスタード、ブラウンマスタード、ターメリックもついでに。『食料庫』にもあるけど、味の違いを知っておくのもいいだろう。

「そこの方、そこの黒髪の」

「……」

振り返ると、上品そうな紳士がいた。

「おお、これは美しい」

「……何だ？」

みぞおちに拳を埋める案件か？　商談案件か？

「いや、失礼。そちらの鞄はどちらでお求めか、お教え願いますか？」

「ああ。これはアジールの冒険者ギルドが最近商品登録した鞄だ。便利だぞ」

「そうですか、アジールは少々遠いですな」

距離的にはともかく、山を越えられない。カヌムのあるアジールと、カヴィル半島、タリア半島の間には、大きな山脈が横たわる。夏でも積雪するような高い山がいくつも存在する。

「鞄そのものより、仕様書を取り寄せてこちらで作った方が早いんじゃないのか？」

「なるほど、そうですな」

というやり取りを、実はすでに10件ほどこなしている。アジールまで行く根性と財力がありそうなのは1人か2人かな？

ついでに商人がカヌムに来てくれれば、きっとトイレも広まるはず……。この島の調度品や建築を見るためにわざわざ宿を取ったのだが、トイレは壺だった。

早く広まれ！

この商業都市に来たのは、家を見て回るだけでない目的がある。もちろん鞄のステルスマーケティングのために来たわけでもない。精霊を捕まえる方法を記した書物を探しに来たのだ。執事とアッシュに聞いたのだが、まあその手の本は基本は門外不出。もし出物《でもの》があって手に入るとしたら、ナルアディードだろうと言われたのだ。

精霊と契約する者は少ない。契約時に持っていかれる魔力が多いため、ほとんどが一時的な使役に留まるのだそうだ。魔力が尽きた時に契約を完了していなかった場合、縛りつけられて怒った精霊に殺される。

一時的な使役、いわゆる魔術や呪術は、魔力が多少削られるだけだ。タチの悪い精霊を呼び出した場合はダメージが返る場合もあるそうだが、とりあえず術者の安全は確保される。

ただ、精霊が好きでそばにいる者にもたらす恩恵でわかる通り、精霊契約のメリットはとても大きいのでチャレンジする人は一定数いる。一時的な効果がほぼ常時になることもあるし。

『精霊の書』と呼ばれる精霊を捕まえるための指南書は、売りに出ても表に流れず、金持ち貴族にそっと商談が持ちかけられたり、天井知らずの値がつく競売にかけられたり。なので、少々怪しいなんでも屋とか、骨董屋を探す。

お陰で昨日よりも大量のスリとチンピラが釣れた。また、ついもの珍しくてガラクタを買ってしまう。これは羅針盤《らしんばん》だろうか？　古着、ナイフや燭台《しょくだい》、数の揃《そろ》っていない食器やタイル、使い道が謎な道具の数々。

「お兄さんは何を探してるんだい？」

「精霊について書かれた本だ」

隠すことでもないので正直に言う。これで教えてもらえればめっけものだ。

「本屋に行ったらどうだい？」

「いや、掘り出し物探し」

正規に売られてないから、この辺をうろついてるのだ。

「ここらじゃ滅多に見かけないねぇ。本は貴族が飾っとくだけのためにも買ってくからね。中身がわからないやつは、きちんとしてない本屋が扱ってるよ。最近は商人も見栄《みえ》で書斎を持つようになったみたいだねぇ」

本は本屋だった。雑貨屋のおばさんからロウソクを2本買い、多めに料金を払って「きちんとしてない本屋」を2軒ばかり聞き出した。

「飾っておく本はありますか?」

「はい、ございますよ。中身ありとなし、どちらがよろしいですか?」

「中身ありでお願いします」

なしは物入れになっている木箱に、本の背表紙やらをくっつけたものだ。本気で飾っておくだけの本だな、いや小箱として使えるのか。

「こちらは白紙、こちらは精霊のいたずらで読めなくなった写本でございます」

「白紙の方が高いんですね」

「白紙は手順を知る方が書き込めば、本になりますから」

精霊が見えるようにすると、本に戯《たわむ》れている精霊が1匹。現在進行形で文字の書き換えが行われてるんだろうか？　そう思って本に手を伸ばし開く。

「ああ、そちらは独自の文字で書かれた本です、書いた本人にしか読めない。時々いるんですよね、どうしても自分だけの秘密にしたい方が。特に魔術や呪術をされる方は」

肩をすくめてみせる店員。

普通に読めます。俺は【言語】のお陰で、独自の文字であろうが、単語であろうが読めてしまう。アナグラムや比喩《ひゆ》、読み替えでの暗号は辛《つら》いけど。

ってこれもう1冊あるはずだな。魔法陣などの図が描かれてるものが別にあって、その図をこっちに書かれてる番号で組み合わせろって書いてある。

「この本と背表紙が一緒のものはないですか？」

「ありますが、意味がわからなくても絵や図形が入ったものは高いんですよ」

「ぜひ」

どうやら当たりのようだ。精霊がまとわりついているのも、いたずらをしているわけではなく、これが原本だからだろう。

「あと歴史や薬草、精霊のことについて書かれている本があればいただきたい」

討伐用に冒険者と商業の両ギルドに薬を多く納めたために、いつもより懐は暖かい。——それでも本は高くて、赤いグラスを買ったことを少々後悔したわけだが。

この大陸の歴史は精霊からちまちま聞いているのだが、精霊の話は抽象的すぎてよくわからんこともある。あと人間は歴史を捏造《ねつぞう》し、長い年月の間にそれを真実にすることがある。特に後ろめたいことをして勝った征服者はその傾向だ。アッシュと執事の話を聞いててちょっとずれがあったので、認識のすり合わせ用。事実じゃなくって、表の歴史というやつだ。

金もなくなったことだし、これ以上欲しいものが出てきても困るので家に帰る。暖炉のそばで早速手に入れた本を読む。

最初に書いてあるのは、精霊契約のリスクと利点。リスクは属性の相性と魔力の多さで大体クリアできる。利点は契約した精霊によって様々だけれど、共通するのは呼べば来ること。

通常、魔術や呪術は周囲にいる精霊の力を借りる。いつも相性がいい精霊がそばにいるとは限らず、効率が悪いことがあるのだそうだ。でも契約精霊だと大抵の場所に呼び出せるため、その問題が解決する。火の精霊を雪山に呼び出したりすると、精霊の消耗が激しいそうだけど。

精霊ってその辺にいっぱいいて、火の精霊も水の精霊もどこにでもいるし、どこのどの精霊でも変わりはないと以前は思っていた。名前を付けて手伝ってもらってる精霊を見て、それは間違いだと理解した。

同じ光の属性を持ってても、ミシュトとハラルファは随分違うし、姉にくっついてる光の玉は論外だ。まあ、精霊も自分の住処《すみか》を荒らす、よそ者の頼みはあまり聞きたかないな。

そして買い忘れ発覚。これ、魔法陣を書くのにコンパスと三角定規がないとダメなやつだ！

◆◇◆◇◆

俺がフラフラ遊び歩いている間に、討伐隊の出発の日が来た。

「む……」

目の前には、もぐもぐとよく噛んでいるアッシュ。

「温かい朝食というのもいいものですね。そしてどれもこれも美味しい」

執事がフランスパンで作ったフレンチトーストを切り分けながら褒《ほ》めてくれる。砂糖が高いことには触れない方向でお願いした。

アッシュたちは短くない日数家を空ける。保存できない食材は数日かけて全て消費したと、路地の入り口で偶然会った時に聞いた。

そういうわけで、朝食に誘った次第。

こちらの朝食は、パンとパンみたいな主食強調メニュー。それに干し果物、多少余裕があれば少しの肉、冷たいままの野菜スープ。日が昇るとさっさと働きに出るため、火を熾《おこ》さないことが多いのだ。薪の消費も抑えられるしね。

アッシュの家もお茶は沸かすけど、朝から料理というのはあまりしないようだ。コンチネンタルブレックファーストというやつかな？　火を通さない冷たい料理を中心としたあれだ。朝から料理しなくても焼きたてパンとか、焼き串とか、外に行けば色々売ってるしな。

俺が用意した朝食は、フレンチトーストとクロワッサン、バターとマーマレードの小皿を添えたバケット。小さめながら揺らすとぷるぷるするオムレツ、ハム、３種の焼きソーセージ。焼き玉ねぎとカブ。野菜スープ。オレンジジュースをつけたいところを自重《じちょう》してお茶。

付け合わせにジャガイモかトマトを使いたいな。なんかアッシュが倒れたあとに出した食事で、すでに使ってしまった気がしないでもないけど。気のせい、気のせい。

この世界、ジャガイモもトマトもある。ただ、ジャガイモは3センチくらいの小さなもので、ナルアディードでは花の球根扱い。トマトも実が小さい上に毒があって、観賞用だった。トウモロコシもなんか違うし、品種改良前なんだなきっと。

「これ昼。気をつけて」

「ありがとう、行ってくる」

「感謝いたします」

弁当を持たせて2人を送り出す。ディーンたちの分もお願いしたので結構かさばっているが、そこは諦めてもらおう。

さて、俺は建材調達！

漆喰《しっくい》と石と材木、暖炉用のレンガ。家の修繕をするんですよ、という体《てい》であちこちから買い集める。揃っていないと変なのは同じ街の他の店で同質のをちょっとずつ買ったり。これだけで1日が終わる。時間がかかるのは、必要のないものまで俺が見て歩くせいもある。

コーヒーを淹《い》れる。そういえばサイフォン式を作るつもりだったんだ。

森の聖域に、2階建ての小さな家を建てるのは決定。1階1間、2階1間の小さな家。1階で土足のままお茶が飲めて、魔力切れの時に2階でゴロゴロできればいい。聖域はそう広くないので庭を広く取ろうとするとそうなる。

「リシュ、森に安全地帯ができたから連れていけるぞ」

名前を呼ぶと、足元で尻尾を振るリシュ。

これで森の精霊の名付けをしている時、昼間も一緒にいられる。リシュが駆け回るスペースは、なるべく広くしたい。それとも好奇心いっぱいだから色々植えた方が喜ぶかな？

屋根の広い小さな2階建ての家、壁にはつる草かつる薔薇《ばら》——庭はあとで考えよう。

翌日早速、森の聖域に【転移】。

聖域の中には俺が名付けた精霊は自由に出入りできるのだが、今日は俺だけでなく、リシュがいることに驚いたのか四方に逃げ出した。なんか鳩《はと》が一斉に飛び立つみたいな光景だな。

「リシュ、薄い白い光の線までは安全だから。遊んでていいぞ」

これでちゃんと意思疎通できて、言ったことを守ってくれるのだからリシュはお利口さん。

まずは建てる場所の整地。こっちでは地震がほぼなく、あまり耐震は考えられていないらしいが、日本人としてはもう少し土台をしっかりしたい。四隅《よすみ》は通し柱にしたいし。

力があるって素晴らしい。サクサクと穴を掘り、午前中で最初の作業は終了してお昼。

リシュは基本、朝晩肉なのだが、水はいつでも飲めるようにしてある。ここも泉があるので自由に飲めるけど、水飲み皿に家の水を注いで準備。

気配を察したのか、リシュが駆けてくる。皿から水を飲んだあと、俺の隣で伏せて、落ちていた枝を前足の間に挟んで角度を変えては齧《かじ》って遊ぶ。

俺の昼はスモークサーモンとクリームチーズ、フリルレタスのベーグル。それに紅茶。ぽっかり空いた梢《こずえ》の間から、空を流れる白い雲を眺める。

平和に日々が過ぎてゆく。

と、思ったんですけどね。

「……っつ」

相変わらず尻尾をくわえたままのユキヒョウ。

「なぜ、リシュ様がここに」

真っ直ぐ前方を向いていて、俺からは視線が外れている鹿。

「……っつ」

「姿を消されてから5年」

「……っつ」

「口さがない雀《すずめ》どもは貴方が勇者召喚に失敗されて消失したと」

感極まった感じのユキヒョウ。いや、表情わからないけど多分？　リシュを見ると我関せずで枝をがじがじ。

「リシュ、お前、このユキヒョウの上司だったのか？」

こっちを見上げてこてんと首を傾げてみせるリシュ。今は覚えていないのか、前から覚える気がなくて覚えてないのか、面倒なのでスルーなのかどれだ？

「……っ！」

そして息を切らせて駆け込んでくる馬。こっちもリシュを見て固まる。

「リシュの前の家は、もしかしなくてもこの森か」

犬？　狼？　どっちにしても人のいる場所よりも森が似合う。

ユキヒョウはリシュ一直線で、俺は視界に入ってないようなので、昼のあとは普通に作業を再開。基本こっちの建物は壁を石で作り、建物は壁で自立させる。

「……っつ」

「どの精霊よりも強大」

柱や梁《はり》はない。屋根はその石の壁の上に木造のものを載せるだけ。屋根だけでも相当な重さで、上から押さえているような形になるのかな？

「……っつ」

「どの精霊より自由」

アーチ構造などは上からの荷重には強いけど、下から突き上げる地震が来たら危ないことこの上ない。

「……っつ」

「その声は世界の隅々まで届き」

城や砦《とりで》のように使ってる石がでかいならまた話は違うけど、一般の家に不安を感じる日本人です。

「……っつ」

「風の使徒を名乗る人間を蹂躙《じゅうりん》し」

ただ、いいこともあって、木造は火に弱く、鉄筋コンクリートは経年で劣化するが、石や漆喰は火に強い。空気中の二酸化炭素を吸収して再結晶化し、石灰石に戻ってゆく漆喰は思ったより丈夫。

「……っつ」

「この森を守った」

そういうわけで通し柱と梁を採用しつつ、壁は石積みと漆喰。共振を防ぐために石はあえて不揃いの方がいいだろう。

「……っつ」

「それがなんというお姿に」

あれ、石垣とか固めず、ある程度動いた方が揺れを吸収するんだっけ？

「……っつ」

「1年ほど前、かすかな気配さえも消え去りこの世から消えたと」

って、それはリシュが俺の家に来たからではないだろうか、家には結界があるから外の世界と隔離されている。

あと風の使徒ってなんだ。この大陸の東にしか森がなくって、西側が平原か禿山《はげやま》なことと関係してるんだろうか。

ずっとリシュを讃《たた》え、今の姿を残念がる話が続いていたので絶賛スルーしていたのだが、なんかこの地の成り立ちぽいことを話し始めたぞ、このユキヒョウ。

リシュは相変わらず我関せずで、枝の皮を剥《は》ぐ遊びをしている。

「風の使徒って？」

「……っつ」

「前代の勇者と名乗る者の取り巻き」

ろくなことしないな勇者！！！

「……っつ」

「緑を司るカダルの力を剥ぎ」

「……っつ」

「水を走る乗り物を作った」

水を走る……。船か？　ナルアディードの港の光景が脳裏に浮かぶ。前代勇者ごめん、俺も普通に恩恵に与《あず》かってます、はい。

「すまん。多分その乗り物、俺も便利に使っている」

思わずリシュの胸と腹を両手でもふる。くすぐったそうに身をよじって俺を見るリシュ。リシュに嫌われたらどうしていいかわからない。

「……っつ」

「程度の問題だ」

「……っつ」

「今でも西の地に森は戻らない」

ああ、今の中原もその先も草原だな。そのわりに古い家は木の柱も多くて不思議だったのだが、昔はあそこも森だったのか。

人が安心して住めるのは、森の中に切り開かれた街や村のみ。一歩森の中に入れば精霊や魔物、獣たちが住まう。森の恵みは豊かだけれど、人だけのものではない。畑の恵みは安全で、管理がしやすい。色々なことがあと押しして、どんどん森を切り開き、船を作り、そして、人の生活の範囲を広げたのだろうことは想像に難くない。森林破壊なんて概念はないだろうし。

「今代の召喚主は光の精霊と聞くが、平穏とはほど遠い。様子を見に行った途端、今代勇者の魔法に無理やり力を吸い上げられこのザマだ」

馬が自嘲するように鼻を鳴らす。

「――感謝する。お前のお陰で同族喰《ぐ》いに堕《お》ちずに済んだ」

じっと見ていると、目を逸らして礼を言ってくる馬。

「それはこの2匹に言え、俺は対価にこの場所をもらっている」

もともとリシュの縄張りだったっぽいけど。

「あの場所には厄介なモノがいる。高位精霊で欠損もないのに何が不足か同族喰いだ。まだ弱いが勇者に守られている、近づくべきではない。勇者はお前よりも強いぞ」

忠告してくる馬。

「絶対近づかないから安心してくれ」

『食料庫』に力を入れたことに後悔はないが、もう少し真面目に力を蓄《たくわ》えないとダメかな。料理したり、ものを作ったりでも与えられた能力を使うことになるから、神々が強くなって俺も強くなるはずだけど、戦い方も覚えないと。

馬が一番意思疎通できるのだが、あいにくリシュのことには詳しくなかった。ユキヒョウはずっと半泣きで褒め称《たた》えてるだけだし、鹿は論外。

馬の肩の溶けたところは少し盛り上がって埋まってきている。回復しているようで何よりだ。ちなみにこの馬、黒く染まる前は真っ白だったそうだ。

「お前、力の大半と一緒に記憶も失ったのか？」

リシュのほっぺたをムニムニしながら話しかける。

地図の仕組みはよくわからないけど、表示される範囲は、守護してくれた神々と契約精霊の力の及ぶ範囲だと当たりをつけている。その推測が合っているなら、今のリシュのこの森への影響は低い。過去を忘れていてユキヒョウに反応がないのか、単に面倒でスルーなのか、力を失って認識能力が低下しているのか。リシュが記憶を失っているのかどうかもわからないけど、いきなり記憶が戻って家出されたら寂しい。


聖域での午後の作業を早めに終わらせて家に戻る。決してユキヒョウの話が堂々巡りで飽きたわけではない。その前に馬が止めてくれたし。

早く戻ったのは、散歩中に見つけた平らな場所に畑を広げ、こっちの世界のジャガイモを植えるつもりなのだ。春と秋が植える季節、なるべく大きな種芋《たねいも》を選んで買ってきた。サツマイモっぽい色でちょっと不安になるけど。

種芋を半分に切って、断面に灰をペタッとつけて畝《うね》に埋めてゆく。まだ成長促進の粉は取ってあるけど、これは普通に育てる。1年近くこの世界にいて、あるものとないものがなんとなくわかってきた。

食物として認識されていないものも多数。俺の知ってる野菜ならば、【鑑定】で原種がわかる。食料庫のものはこの敷地内でしか育たないし、原種をあちこちから集めてきて食べられるように頑張ってみようかと。

ジャガイモやトマトが広がってくれたら嬉しい。

頑張る気になったのは、精霊の存在。本によれば、その土地の土や水の精霊と仲よくなって育てれば、いい野菜が採れたり、見たことのないような花が咲くことがあるらしい。遺伝子組み換えや品種改良の知識はないけどいけそうじゃないか？　ちょっとだけこっちの世界の食卓を豊かにしたい所存《しょぞん》。具体的にはレストランで他人の作った美味《うま》いものが食いたい。

しばらく森で作業をしつつ、畑の整備。適当にやっているので、家づくりが楽しくて、畑の世話が短くなることがある。逆に畑が楽しくって、聖域に行かない時もあるしね。

畑は朝の方がいいし、家の作業はどっちでもいいんだけど、名付け的に森にゆくのは午後がいい。黒精霊は夕闇が迫った頃の方が寄ってくる。

見えにくいのを利用して攻撃してくるというのが正しいけど、こちらとしては近づいてくるのは好都合なので片っ端から捕まえている。相変わらず力技だけど。

畑の方は種を蒔《ま》いてしまえばあとはしばらくすることがないので、そうしたら魔法陣を描いてみようとは思っている。うん、まずは畑を片づけてしまおう。

バジルとフェンネル、チシャはこっちでも作られている。主に煮込み料理や豆類などと共にスープにも使われる黒キャベツあたりも馴染みが……嘘です、バジル以外の2つは馴染みがないです。チシャがちょっと丸まってないレタスだけど。

道端に生えてた野生のルッコラ、これはわりと知っているのに近い。ただ味が濃いというか苦いし固い。同じく野生のチコリ、将来はイタリアンで出てくる白菜の小さいのみたいになるはず。ズッキーニとトマトにも挑戦。美味しくなるがいい!

ジャガイモをはじめ丈夫な野菜もあるけど、そうでないものや柔らかく仕上げたいものは土も柔らかく栄養豊かに。保水力があった方がいいのか、それとも排水性がないと根腐れしやすいのか。酸性がいいのかアルカリ性がいいのか――【鑑定】で解決してしまうわけだが、作業は自分でしなきゃいけない。

本当、体力と腕力あるの楽だな。島に飛ばされた時は道具もないし、食べていないせいですぐ疲れるしで大変だった。あの時は趣味で土起こしができるようになるとは思ってなかったし。枯葉と糠《ぬか》を土にすき込んで放置する場所を作った。森から腐葉土《ふようど》を集め、湖に行って苔を採取し、乾燥させてピートモスも作った。暖炉の灰はたくさんあるし、水は流れている。土地を富ませるためにせっせせと土作り。

【転移】【鑑定】【収納】は本当に便利！

トマトとバジル、ルッコラは植木鉢にも植えて借家にも持っていこう。トマトは指先くらいの小さな赤い実を鈴なりにつけるので、こちらでは観賞用になっているのだ。後者2つはすぐ食べられるように。まだ生えてないけど。

昼食はカレーうどん。鰹出汁、スパイス強めに麺はコシが強め。油揚げとネギ、別に仕込んだ柔らかい煮豚をどーんと。

暖炉での煮込み料理とかシンプルな味のものが多いせいか、ついカレーに走る。副菜はキャロットラペとラッキョウ、豆腐。豆腐の上には茗荷《みょうが》をたっぷり。

アイスクリームを作りたいのだが、雪山に【転移】して氷を取ってくるか、それとも金属鍋を雪に埋めて冷やした方がいいのか迷っている。

暖炉で暖めた部屋で、温まるカレーうどんを食べて、そこに冷たいアイスクリームという贅《ぜい》沢《たく》をですね……。今から作るのは遅いけど、次回は用意したい。

だいぶ暖かくなって、晴れることも多くなった。俺の家は低いとはいえ山の中腹なので、今日のようにまだ寒い日もあるけど。

食休みも兼ねてリシュと遊ぶ。船を岸に繋ぎとめるぶっとい艫綱《ともづな》を短く切って、端を結んだもので引っ張りっこをしたり、投げて取ってこいをしたり。

フリスビーも欲しいな。木製でもいけるだろうか？　あれ、丸い盆を買えばいいのかもしかして？　ちょっとあとで店を覗いてみよう。ディノッソに作ってもらった方が早い気もする、色々内職している冬の間に作ってもらえばよかった。

投げられた綱のおもちゃをダッシュで追って、小さな体でくわえて戻ってくるリシュ。下につかないように一生懸命顔を上げてトタトタとこちらへ走ってくるのだが、綱が太すぎて面白い顔になってる。

このように家は平和だが、カヌムの街中は討伐隊が出たことでざわざわと落ち着かない。過去の経験から、高価なものが現れる季節でもないのに、よそから冒険者が集まってきた時点で、森で何が起こっているのか予想がついてしまうのだ。

ギルドも隠すことなく情報を開示している。もちろん、今回は早期発見で心配はないことも添えて。

森は広大だ。魔の森に面した街というか国は1つではない。それぞれ冒険者を集めて同じような対処を始めたはずだ。

国や各ギルドで、伝書鳩を飼っていたり、連絡が回るのは早いところは早いらしい。ただ、途中で魔物にバクっとされたり、農民に美味しくいただかれたりして確実ではない。

行商人に託したり、早馬を乗り継いだりと、重要な知らせは複数のルートで送られるんだそうだ。特に隠す必要がない情報はそれができる。

一番確実で早いのは精霊を使うことだが、これはとても数が少ない。でも、精霊のお陰で人や物の移動よりはるかに早く情報が回る。俺の【転移】と【収納】で運送業をすると儲《もう》かりそうだ。やらないけど。

畑には精霊のお手本になるかもと、隣に食料庫の野菜を植えて終了。


そういうわけで魔法陣制作！　回復薬作りの道具を退《の》けて、机の上を広くする。

まずはインク作り。魔力を注ぎながら所定の薬草や鉱物をゴリゴリ潰し、ここでも精霊の遊んだ水で溶いてゆく。まずは小さいやつから。コンパスについている烏口《からすぐち》に、できたばかりのインクを注入する。

烏口は均一な線を引くための描画用具。直《じか》にインク壺や皿に入れるのではなく、インクを含ませた細い筆を烏口の内側に軽く当てて注入する。ちょっと面倒だが綺麗な線が描ける。

精霊召喚用の道具は普通に専門店があった。もちろん庶民向けではなく、お高いし、店の数も少ない。

地面に描く場合は2本の棒に紐をつけるのだが、この棒切れが装飾されていてやたら高かった。その辺の棒でいいじゃないか、真っ直ぐなら。絶対精霊の趣味じゃなくって、使う奴の趣味だな。まあ、大きいやつを描くのはまだ先なのでいいけど。

本を読んで、もう一方の本にある記号を組み合わせて描いてゆく。なお、手順や希望をぶつぶつ独り言で呟《つぶや》きながら作業をしているが、これは描きながら精霊を招《よ》ぶぞ、喚《よ》ぶぞというアピールになるのだそうだ。

うーん、喚び出すのは何系の精霊にしようかな？

「地」

ズボッと描きかけの魔法陣に、茶色にピンクの小花を咲かせた服の精霊が現れる。

「水」

茶色の精霊に代わって、水色で半透明な、グミみたいな質感の精霊がポーズを取る。

「火」

小さなトカゲが、ガソリンのついた導火線が燃えるみたいに魔法陣の上を走る。

「机を突き抜けて出てくるのやめろ。まだ描き終わってない」

せっかく途中まで描いた紙がダメになるのは困るので、机の下で順番待ちをしている精霊を追い出す。

「うーん。ここは氷かな？」

椅子に座った膝の間から、リシュがズボッと顔を出す。

「そういえばリシュは氷と闇だったな」

顔を出したリシュを両手で挟むようにわしわしと撫でる。

「あとで鍋を冷やしてもらってもいいか？」

俺の言葉にパタパタと尻尾を振るリシュ。アイスクリームを作るために、容器を冷やしてもらおう。できるかな？

それにしても描く前に色々出てきちゃったぞ？　今度こそ決めよう。

「畑を作ったし、豊穣《ほうじょう》かな」

魔法陣に最後の記号を書き入れる。食料事情が天候に左右され、飢饉《ききん》になりやすいこの世界では、豊穣はよく望まれるのだろう、ちゃんと単独の記号がある。

描き終えて、魔力を流す。まだ乾き切らないインクが薄く光ったかと思うと、机の上にパルが正座していた。

「私はパル。大地と実りを司る」

「いや、知っているけれど……」

いたずら参加なのか？　それとも成功したのか？　どっちだ⁉　反応に困るんですけど。

「インクがよくないんじゃないか？」

手が伸びてきてパルの下の魔法陣が抜き取られる。

手の引っ込んだ先を見ると、ヴァンがいた。健康的に日焼けした鞣革《なめしがわ》のような肌、男らしい顔。ちょっと俺にその筋肉と身長を分けて欲しい。

「本の手順通り作ったのですが」

「では本が間違えているのだろう」

ルゥーディルが言う。いつ出た⁉　気配がなかったよ！

「ふむ、これではすでに契約したものを近くに呼ぶ程度だ」

こちらも、いつの間にかインク壺を手に取って中を確認しているカダル。

ルゥーディルが司るのは大地と静寂、魔法。カダルは緑と魔法、秩序。――インクが合っていないとファイナルアンサー。採点されてる気分です。

「ふふ。ジーンは色々楽しそうでいいわ。見ているこっちも楽しくなる」

ミシュトが柔らかく笑いながら覗き込んでくる。

「精霊のことなら僕たちに聞けばいいのに」

イシュが無表情なまま顔を傾げる。

「え、教えてくれるんですか？」

ここに来る前に少しの間指導はしてもらったけれど、アフターケアがあるとは思わなかった。

「ここは細かい精霊がたくさんいて心地がよいの」

ハラルファが艶《あで》やかに笑う。

ハラルファが言う細かい精霊は、蛍《ほたる》の飛ぶ光よりも淡く小さなもの。簡単に消費されていなくなる。朝に生まれ、夕べには消えてしまうような淡い存在だ。

くっついてちょっと大きな精霊に育ったりもするが、大抵は大きな精霊について溶けて消える。この細かなものには意思もなく、ただ生まれてふわふわと飛んで誰かに消費される。

「よし、ちょっと手合わせしてやろう。座ってるばかりじゃ退屈だろ？」

いえ、ヴァン。俺はやり始めると熱中するタイプなので――などと言えるわけはなく、大人しく庭に引きずられていく。

やたら楽しそうに俺の首の後ろを持って移動するのはなぜだ。普通に庭に行こうと言ってくれたら自分で歩くんですよ？　剣の指導もありがたいし。

引きずられながらカダルたちを見れば、俺が手に入れた本をチェックしていたり、もらった時から変わった家の場所を見て回っている。パルはいつの間にか庭に出て、植えた草木を愛でていた。

精霊って自由だな。

引きずられながらついてきたリシュの頭を撫でる俺。


で、ヴァンに指導してもらった結果。

「動きが悪くなっている」

「え」

なんですと？　ヴァンの足元にも及ばないが、ディーンやアッシュ、執事を真似て、色々取り入れて強くなったつもりなんですが。

何度目かの打ち合いのあと、言われた言葉に疑問が渦巻く。俺が打ちかかってヴァンにいなされる感じで、強さに彼我《ひが》の差がある。その証拠にヴァンは一歩も動いていない。

「動きの統制が取れていない、ちぐはぐだな」

「う」

思わず視線を逸らす。

身体能力を生かして、よさそうな動きを真似ていたのだが統合されておらず、自分のものになっていないということか。とても心当たりがある。上半身と下半身で違う動きをしてたらやだな。そして、小手先の技術ではヴァンには通じない。

「お前の剣のイメージはどうした？　まだ最初の方がマシだ」

「俺のイメージ……」

俺のイメージはあれです、ファンタジーか時代劇なんです。平和な場所から来たもので。前者は姉に付き合わされた映画の、後者は祖母が生きていた幼い頃に一緒に見ていたテレビの。

手の中の『斬全剣』に目を落とす。印象深いのは時代劇の方だが、これはＲＰＧに出てくる勇者の剣風だ。

「なるほど、剣が違うか。どれ」

ヴァンの言葉と共に『斬全剣』が姿を変える。そう『斬全剣』から『斬○剣』に。待って待って、せめて普通の日本刀――いや、もうちょっとファンタジーにしてくれ！

斬○剣は普通によく切れる刀の代名詞だけど、白木の鞘《さや》と柄が揃うとまずい。いや、この世界では問題ないのかもしれんが。

結果、『斬全剣』は拵《こしら》えが多少ファンタジー風な日本刀になった。時代劇でよく見る刀より少し長いが、漆黒《しっこく》の拵え、下げ緒の代わりに銀鎖。

鍔《つば》、目貫《めぬき》、笄《こうがい》、小柄《こづか》、鐺《こじり》などのデザインは、色を抑えてあるが華やか。

総合評価、格好いい。

勇者たちに見られると嫌だなとか、刀が息ができないから普段は白木の鞘を用意しなきゃいけないんじゃないかとか、色々脳裏によぎったりもしたが、格好いいものは格好いい。

「珍しい型だな」

「ああ、俺の故郷の剣です」

テンション上げたまま仕切り直し。

速く動くならば、爪先は両足とも前を向けて。

剣に乗せる力を優先するなら、片足は斜めに。

刀を腰に引きつけて、左手で鯉口《こいくち》を切る。ちょっとだけ鞘から刀を抜くことだが、これは刀が鞘からちゃんと抜けることの確認と、抜く準備。

腰に引きつけた状態で左手でちょっと捻《ひね》って、右手で抜き放つ。慣れないと鞘の中を削ってしまい、刀に傷がつくのでやってはいけないらしいけど。

遠慮なくヴァンに斬りかかる。俺がどうこうできる相手ではないし、『斬全剣』も全てが斬れると言いながら、作った者の力は超えられない。人間界の大抵のものは斬れることは間違いないのだが、ヴァンの剣を斬ることはできないのだ。

多分ヴァン自身も。俺がヴァンより強くなればスパッといくんだろうけど。

弧《こ》を描く切っ先、刀の長さを覚える。

真っ直ぐに空気を裂く切っ先、刀の重さを覚える。

こっちの方が楽しい。ファンタジー映画の剣をイメージした自分の考えを訂正する。ＲＰＧのあの画面で、一歩前に出て振り下ろされるモーションのイメージが一番強い。それか派手なエフェクトの何しているかわからないやつ。どうりで動くイメージが浮かばないはずだ。

「先ほどよりだいぶいい」

ヴァンに褒められてちょっと嬉しい。

息が上がったところで、ヴァンに礼を言って稽古《けいこ》を終了。寄ってきたリシュを撫でて家の中に戻る。

棚の葡萄《ぶどう》にはよく見るともう芽が出ているが、まだ肌寒い季節。なのに暑い、久々に運動した気分だ。――あれ、まさか身体能力上がった分、むちゃくちゃ運動しないと筋肉つかない？

突然浮かび上がった不安を払いつつ、顔を洗う。牛乳飲もう、牛乳。

「お疲れ様」

「ヴァン相手に頑張るのぅ」

ミシュトとハラルファ、稽古のあとは美少女と美女の労《いたわ》りというご褒美。

「この本はやはり解釈を間違えておる」

カダルが件《くだん》の本を指して言う。

「7日後、テルミストの寺院に行くがいい。そなたの望む本が手に入るよう手配しておこう」

ルゥーディルの指定したテルミストは、カヴィル半島より南にある島の名前だ。

「ありがとうございます」

7日で本を買う金を貯めねばならない気配！

「私はちょっと手伝うから、畑で作物が実ったら料理を食べさせて欲しいねぇ」

パルがニコニコとこちらを見る。

「僕も」

相変わらず陶器の人形のように無表情なイシュ。

「味がしないのでは？」

特定の食べ物以外は無味だと聞いたはず。

「僕たちが味を感じるのは、執着《しゅうちゃく》と興味を持ったもの。ここの作物は十分興味深い」

パンと塩から、サラダへ進化する気配!!

◆◇◆◇◆

翌日は、金策のため再びのナルアディード。冒険者から買ったものを売る体で、毛皮を扱う大店に狐の毛皮などを持ち込んだ。ナルアディードが商業国家と呼ばれる所以《ゆえん》は、自国民でなくとも商売ができることが大きい。

「これは美しい。冒険者の腕も加工者の腕も申し分ございません、高値で買い取りましょう」

「ありがとうございます」

ありがとう、どっちも俺だ。

狐の魔物を狩れる冒険者は多くはないけどいる、余計なところに傷をつけずに狩れる冒険者は一握り。その一握りは依頼でもない限り、気を使う狩りをするくらいならもうちょっと強い魔物を狩って、ツノや他の部位を落としてくる。持ち帰るのにかさばらず、お高いやつを。

毛皮の方が高ければ狩る者はいるけれど、今の流行りは山繭蛾《やままゆが》の討伐らしい。正しくは「繭」を探してるのだが、普通の虫と違って蛾になったあとは年単位で長生きなので、繭が取れる場所に行くと戦う羽目になる。

羽化して外に出るための穴を開けられる前の繭が高いそうだけど、穴があるものも今は毛皮より高いのだそうだ。流行る前は繭ができる時期だけ冒険者が移動してきたらしいけど。

繭から取れる薄緑色の糸は最高級の絹になるそうで、勇者がお望みだそうです。貴婦人たちにも大人気だそうで……。俺も下着類は高い生地使っているので、この件についてはことをが言えない。

毛皮はカヌムで売っても、供給が多いんで値段は抑えめ。当然取れる場所より取れない場所まで持っていった方が高く売れる。寒い都市の方が高く売れそうな気もするが、この街はファッションでも最先端であるらしく、服の素材も珍しいものには高値がつく。

「お支払いは金貨にしますか？　大金貨にしますか？」

「大金貨でお願いします」

大金貨は金貨12枚分、金貨というより金塊っぽい。

大きさと毛の質で差があるものの、狐1匹分が大体金貨１８０枚。ちなみに、貴族で流行のガウン――膝あるいは床に届くような丈の長い外出着は金貨50枚くらい。

これから服に加工することを考えると、狐の最終的な値段はいくらになるやら。普通の狐と違って大きいから1枚で1着できるだろうけど、普通の毛皮のように、いいところの毛を厳選するとさらにすごいことになりそうだ。

狼の毛皮なども売ったが、狐がダントツで一番高かった。家の値段って、こちらでは建材が近くで取れるか取れないかでだいぶ違うけど、庶民の家なら狐の毛皮1枚で下手すると建つ。

本の値段がそのくらい平気でするわけだが。魔法書系や原書に近いものはさらに高いし。神々からもらった当初の軍資金もほぼ本代に消えてるし、ちょっと真面目に稼がないと。

こっちの世界に来て、自由にできるお金と好きな物を買えることに浮かれておりました。反省、反省。買うけどね！　本日の売買価格は大金貨２３３枚ほど。ちなみに1軒目の毛皮屋で2枚ほど売ったあと、ここに来ている。なぜなら店の方で買取資金が足りなかったから！

さて、これでとりあえず本の代金は大丈夫だろう。おそらく手付けくらいにはなるよね？一体どんな本なのかわからないせいでドキドキしている。

そして海の見えるテラスで食事をしている現在。さらに言うなら前回よりも高級店。毛皮を売った大店《おおだな》が、商談のために押さえていた席を使わせてもらっている！

ワインにハムにサラミ、鶏のレバーペーストを載せたカナッペ。幅広の平打ち麺にチーズを絡め、トリュフが載るパスタ。牛のステーキ。

ワインは濁《にご》りがないし、レバーも臭くない。パスタもシンプル、ステーキは良質な赤身の牛肉に塩胡椒をし、炭火で香ばしく焼いただけのもの。素材の数は少なく、よいものを厳選した感じ。麺の小麦も美味しい、牛も日本の柔らかさと脂に重きを置いたものとは違うが、大変美味しい赤身。これ特別に育てた小麦とか牛なんだろうな。

テラスからの風景はとても綺麗。半島と大陸との間に挟まれた海は穏やかで、行き来する船は当たり前だが木造の帆船。高い位置から見る島の街の屋根は、濃さに差はあるものの落ち着いたオレンジ色の瓦《かわら》。付近で取れる建材で作るので、同じ素材をたくさん使う屋根や壁などの部分は自然と色味が揃うのだ。運んでくるの大変だからね。

贅を凝らしたガラス窓の家も、そうでない家も色味が揃っているため、街がとても綺麗に見える。港の近くは雑多で乱暴な言葉が飛び交ってるし、衛生面もあれなんだが、こうして離れて見る分には大変いい。

来たついでに、『斬全剣』と似た剣を探したが、なかった。強いて言うならシミター？　諦めて長さだけでもと揃えたため、普段使いの剣が一般的なものよりでかくなった。

ナルアディードの武器商で「精霊武器」というものがあることを知る。精霊武器は３パターンある。精霊が武器を気に入って憑いている――宿っているもの。精霊が作ったもの。精霊自身が武器となったもの。

剣の強さは精霊の強さによるのでバラバラ。手入れが不要な代わりに、精霊の好む場所に保管する。精霊剣持ちの冒険者などは、『精霊の枝』や神殿に預けているらしい。預ける頻度は使い方や環境によるそうだ。

俺の『斬全剣』は、精霊が作ったものになる。なお使わない時は【収納】に入れっぱなしの模様。時々出した方がいいのだろうか……？　扱い方について注意は受けなかったのだけど。

3章　水盆と精霊図書館

夜、黒くて大きな器に水を注ぐ。

「さて、見せてくれるかな？」

声をかけると風もないのに水面に波紋が広がり、それが収まった時には部屋ではない風景が映し出されている。

片っ端から頼んだだけあって、映像は欠けることなくクリアだ。予想外の精霊の姿も映し出されるので、横切るのがいるとちょっと見にくい。森は街よりも精霊が多いのだ。精霊を見えなくすると水盆の風景も見えなくなる。慣れたらこれも微調整できるのかもしれないが。

見たことのない冒険者が、置かれた火口《ほくち》を前に顔を歪《ゆが》めている。おそらく思うように火がつかず、舌打ちでもしているのだろう。

黒精霊が出ると、普通の精霊が姿を隠してしまうことの方が問題かもしれない。居場所をわからなくするためか、その痕跡ごと消えてしまうのだ。

火の精霊がいないと火がつきにくい、風の精霊がいないと空気が淀《よど》む。俺がいた時は怖がってか、黒精霊は近づいてこなかったが——これは過ごしづらそうだな。

そろそろ新しいところに着いた頃かと思ったのだが、進みが遅いらしく、まだ俺も知っているトカゲの野営地だ。

俺たちが前回整えた野営地では、知らない面々が肉を食っている。胡坐《あぐら》をかいた大男、その膝に片手を置いてもたれるように横座りしているローブの女性、反対側の女性は何かを両手で持ってニコニコと食べている。

3人とも精霊持ちのようだ。この男が多分金ランクのアメデオなんだろう、そしてリア充、リア充だな？　魔術師とコンビって聞いたが、なんか1人増えている。まあ、3人だけでなく取り巻きもいっぱいいるんだけど、遠慮してか少し遠巻きだ。

3人に憑いている精霊は、今までに見た人に憑いている精霊の中で一番大きい。どうやらこの精霊たちのお陰で、金ランクパーティーのそばにいれば黒精霊の影響は大丈夫そうだ。

アッシュたちはまとまって同じ焚き火を囲んでいる。アズと顎好き精霊、匂いフェチ精霊が揃っている。離れた場所には執事の精霊もいるのだろう。俺が気にかけて欲しいと頼んでおいた精霊の1匹が、レッツェの髭《ひげ》をじょりじょりしているっぽいのだが……。俺の精霊に変なフェチつけないで欲しい。レッツェに抗議できないところが辛い。

次に覗いたのは昼間。アッシュたち5人は組んで動いている、二手で行けるはずなのに5人で動いているということは何かあるのか？

金ランクパーティーの３人は男が大剣《たいけん》でトカゲを一刀両断していた。精霊剣なのか、それともそういう能力が精霊によってもたらされているのか、どっちだろう。

この世界、妙に世知辛《せちがら》いくせに油断してるとファンタジーを突っ込んでくるからな。オリハルコンとかヒヒイロカネがあっても驚かないが、精霊が剣に手を添えているから、精霊由来の能力だろう。

ローブの女性は魔法を放っていた。杖を一緒に支えている精霊が真剣な顔をしているのがちょっとコミカルに見える。

呪文に合わせてローブの女性の精霊が光る、精霊は少女型で金色の髪。多分光の精霊の系統だ。呪文の途中で光の精霊に他の精霊が力を貸す、光の精霊が多いが火の精霊も。火の精霊は好戦的な性格のものが多い。

もう１人の女性は、姿が見えないと思ったら弓使いだった。少し離れたところから正確にトカゲの目を射抜いている。離れてて別のトカゲに襲われたりしないのかな？

こちらは多分、風と緑の精霊。木の枝が弓を包むように生えているので、精霊憑きというより精霊武器使いなのだろう。女性の方にも枝が伸びているので相性もいいように見える。

で、大男の精霊がどう見てもプレイリードッグなんだが。どこの大陸から来たの？　この大陸にいるの？　プレイリードッグの尻って可愛いよね。

大男の剣技は俺には参考にならなくなってしまった。ちょっと前までは真似する気満々だったのだが……。でも人の動きを覚えておくのもいいだろう。もし大剣使いと戦うことになったら、役に立つかもしれない。

クルミを燻《いぶ》してメープルでコーティングしたものと、クッキー、コーヒーを用意して、水盆を眺める。泡のような水の精霊が浮いたり沈んだりするのが時々見える。

トカゲを仕留めるのを見ていると、1人様子のおかしい男が。弓を構える女性に斬りかかっている。──想定内だったのか、女性の方が逆に思い切り短剣で脇腹をえぐってるけど。

なるほど、対象の数がわからない状態で離れてて大丈夫なのかと思ったら、接近戦もできる上に強いんだな。心配無用だったようだ。

腰の短剣を素早く抜いて、迷いなくぐさっと。金ランクパーティー怖い！

それは置いておいて、男は思い切り黒精霊に憑かれてるようだ。まだ完全に乗っ取られてはいないけれど、くっついてる。黒精霊は、弓の女性に乗り換えようとして弾かれた。

憑かれる条件が何かあるんだろうか。それとも女性が何かした？

アッシュと執事、多分弓使いは黒精霊が見えているはず。アッシュたちが一緒に行動していたのはこのせいかな。そう推察しながら、コーヒーを片手に水盆を眺める。

木の陰から飛び出して、腹を押さえて転がる男から距離を取る弓使い。黒精霊は転がる男の方に戻っている。

一度容《い》れ物の体を手に入れた精霊は、もう容れ物なしでは力を保てない。弓使いから弾かれた今、重傷だが生きている男に戻った。

えーと、黒精霊ってどうやって倒すんだ？　俺、片っ端から契約しているので他の対処方法を知らない。確か精霊武器でなら倒せるはずだが、人に憑いているのはどうするんだ？

……。

弓をキリキリと引き絞って男に照準を当てている。まさか容れ物《男》ごと倒すとかそういう？　魔物に憑いていたら俺も倒すし、普通の武器でも倒せるからディーンたちでも倒すだろうけど。あれですか？　差し迫った命の危険を感じた黒精霊が、近くの魔物の中に逃げ込むとか、そういうのを狙って――撃ちやがった！

人が死ぬところも殺されるところも初めて見た。この世界、人の命の値段が安いことも、暴力が日常にあることもすでに知っている。人の死が、とても生活に近いところにある。

それでも自分の心臓の鼓動が早くなっていてやばい、水盆を呆然と見続ける。

早鐘《はやがね》のような鼓動を心臓とこめかみあたりの血管に感じながら、冷静になろうと努める。

精霊は普通、人には見えないし触れないが、容れ物に入っていれば別。容れ物を傷つければ、中の精霊も傷つく。容れ物のない精霊を倒すことは精霊武器で可能。あとは魔法をぶつけて消し去るとか。

弓使い！　お前、精霊武器持ってるだろうが！　なんで黒精霊が出た時攻撃しなかった⁉

なんて憤ってたら、物音を聞きつけてやってきたらしい男が、倒れている男に驚いて駆け寄る。駆けつけた男は、どうやら倒れた男の知り合いらしい、一緒に討伐に参加した冒険者仲間か？　取りすがって大声で何か叫んでいる。

倒れた男から、駆け寄った男に移る黒精霊。今度は弾かれることなく男の体に入っていった。

弓使いは弓を下ろした。黒精霊が憑いた男は身振り手振りが大きく、興奮して何か話している。対する弓使いは訴えてくる男を真っ直ぐに見て、冷静に話している様子。

ああ、精霊が見えていないのか。完全に乗っ取ってしまえば、魔物と同じく目の周りが黒く爛《ただ》れたようになるのでわかるけれど、この半端な状態では精霊が見えないと判別は難しい。

精霊を見ることができる能力も様々だ。なんとなく色のついた靄《もや》のように見える者、特定の属性の精霊だけ見える者、自分と関わりの深い精霊だけ見える者、ある程度力の強い精霊しか見えない者、その逆。

初めて見たけれど、俺には人の体の中で乗っ取ろうとしている精霊が見える。

1人目の男の時は、黒精霊はほとんど体の中にいたけれど、新しく憑いた状態の今は、体が半分、男の胸のあたりから出ている。

金ランクパーティーの残りの2人のうち、どちらかは見えるのだろうか？　ああでも、人の体内にいる精霊は難易度高そう……。というか、見えていたなら初めから隔離してるよな。今の半分出て半分潜っている状態はどうだろう？

うーん。起きていること全てに責任を取ったり解決したりする気はないけど、知ってしまって、簡単に解決できることがわかっているこの状態。

よし、変装しよう。

用意するものは、大きなフード付きのローブ、カウボーイブーツのようにヒールの高いブーツ。以上。

「影の精霊と光の精霊？　ちょっと俺の顔に落ちる影を濃くして、他から見えないようにしてくれるか？」

ローブを着込み、フードを目深《まぶか》にかぶって精霊に呼びかける。

鏡の中の俺の鼻から上が、強い光でも当てられて翳《かげ》るかのように影が濃くなって判別がつかなくなる。――強い光でも当てるかのように、じゃなくって実際当てられてた。ちょっと調整。

ブーツで底上げした状態でも地面につくローブの裾。よしよし、アッシュより4センチは背が高く見えるはず。いや、もういっそ浮きたい。

「俺を地面から10センチくらい持ち上げられるか？」

ふわりと浮き上がる俺の体、安定している。言ってみるもんだな、ブーツいらなくなった。

「あと、フードが落ちたり、足が見えないように――フードの端にぶら下がる以外の方法で頼む」

見た目的に愉快なことになってきたので再び調整。

よし、これで黒いローブに身を包んだ背の高い男だ。総合評価は怪しい者以外の何者でもない気がするが、気にしない。

【転移】を使って、野営地のそばの開けた場所に出る。気づかれないように近づけるかな？

いや、気づかれてもいいか。近づくと、騒ぎになっている。

「ちょっと失礼。忙しいところ申し訳ない」

「!?」

「誰だ!?」

「何者だ！」

ここでジーンって名乗ったって、アッシュたち以外わからないと思います。地位で名乗るなら、銅ランク冒険者です、か？

それにしても、どいつもこいつも同じような色の服着やがって。ちょっとはクリスを見習え！

「気にしないでくれ、この男の中身に用事だ」

探し当てた男の、胸のあたりにあった黒精霊の頭を掴んで引きずり出す。

あれ、今俺、男の胸の中にも指が入ったような……？　怪我してないみたいだし、まあいいか。気のせいだろう。

「黒き精霊!?」

俺に対して大剣を構えるプレイリードッグ。じゃない、金ランクの大男。

「取り憑かれていたの？　でも様子がおかしかったのは、この男の方……」

ローブの女性が見た足元には、弓使いに倒された男。あ、生きてる。

「【治癒】」

「う……っ」

ついでに回復したら、男が気がついたようだ。

「何!?」

今度は足元の男を見て驚く周囲。

「あの状態から回復を……？　一体何者なのですか？　それにその精霊たちは――」

驚きを通り越して怒号のようなものが飛び交う中、聞いてくるローブの女性は金ランクパー

ティーの美人さん。

ああ、やっぱり見えるのか。

いつもは目立たぬよう、精霊には一定の距離より近寄らないよう言っているのだが、今日は手伝いを頼んだので精霊の自由にさせている。

結果、わらわらついてきてるね！　ローブを整える精霊はローブの中に律儀《りちぎ》に隠れてるんだけどね！

「どこで拾ったのか知らないが、最初に憑いていたのはその男。気をつけるのだな」

場のドン引きの気配を感じつつ、そう言って【転移】で退散。

アッシュたちの視線がなんか痛かったけど、声も音の精霊に少し低くしてもらってたし大丈夫！　バレてないはず！　中二病みたいな格好してるけど、必要に迫られてです。

あ、黒精霊鷲掴《わしづか》んだままだった。とりあえず捕まえてきた黒精霊と契約して、森のもっと奥に放してきた。今までで一番でかい、いや一番でかいのは馬か。でも馬は黒くなりつつも自制心が残ってたからな。

どっちにしても力ずくだったけど。

黒精霊は同じ精霊を食らう、普通の精霊も黒精霊同士でも。欠けた体を補うためか、欠けた場所から抜ける力を補うためか。どっちにしろ欠けた場所を食らったもので補っても痛みは続いて、それを消すために食らい続けることになるらしい。

馬曰く、契約するか、容れ物を手に入れれば、力が抜けるのは収まる。もっと力を手に入れたい渇望《かつぼう》は続くらしいが、契約すれば痛みも収まるので理性で抑えられる程度になるらしい。

で、黒精霊同士の食らい合いは自由にさせている。俺の契約した同士は止めてるけど。

手伝ってくれた精霊に礼を言い、魔力を少々持っていってもらう。楽な服に着替えてもう一度水盆を覗き込む。

瀕死《ひんし》だった男と精霊をひっぺがした男と金ランクパーティーが向かい合い、その周りを他の面々が取り囲んでいる。男2人はなぜか上半身裸という、いらんサービス付き。あ、瀕死男が弓使いに向かって土下座っぽいこと始めた。

殺されかけてたし、むしろ謝られる方じゃ……。様子がおかしかったと言っていたし、アッシュたちも固まって行動してたし、何かやらかしたあとか。よく考えたら、黒精霊に憑かれていたとはいえ、弓使いに斬りかかってたし。

みんなが帰ってきたら、どうなったか聞こう。「討伐どうだった？」って聞けば精霊憑き騒動の話になるだろうから、そうしたら「その精霊はどこで憑いたんだ？　怖いな」とか言って自然な感じで。

馬は姉のいる国に様子を見に行って憑かれたらしいからな。カヌムと姉のいるところの間は、小国が統一されたりばらけたりと年がら年中戦争をしているんで行き来は難しいと思ってたんだけど、冒険者が行き来してるとなるとちょっと用心したいし。

あとは精霊を弾くものとそうでないものの条件か。これはルゥーディルが用意してくれた本に載ってるかな？　討伐隊が帰ってくる前に手に入るはずなので、読んでから考えよう。


さて、落ち着いたら腹が減った。本日は蕎麦《そば》！　挽《ひ》きたて、打ちたて、茹でたてで。蕎麦は【収納】にすでに用意してあるので、天ぷらを揚げる。

温かい蕎麦より冷たい蕎麦の方が好きなので、天ぷらは別に食べる。蕎麦に載せるなら汁を吸った時に美味しいよう、衣を変えるんだけど。

海老の殻を剥《む》いて、揚げた時に丸まらないように腹側の縦と横の筋が交差する場所に斜めに浅く包丁を入れて、最後に上から押さえて伸ばす。打ち粉を薄く全体につけてから衣液に浸して揚げる。ほとんどの魚介類は打ち粉がいる。

たっぷりの油でじゅっとね！　油をケチると食材を入れた時に温度が下がってなかなか戻らず、水分が飛ばないためだ。泡の出が穏やかになったら海老を斜めにして尻尾だけつけて数秒、これで尻尾をカラッとさせる。

次々揚げて準備完了。

別に揚げた香ばしい海老の頭をパリッとやって、蕎麦をたぐる。薬味は山葵《わさび》をつゆには溶かず、ちょんと蕎麦に載せて。

そら豆とでかいホタテの貝柱の天ぷらは、中が半生で。肉厚の椎茸《しいたけ》はすだちと塩、ウニの大葉巻きは天つゆ。小さめに作ったかき揚げは、崩してつゆにつけて蕎麦と一緒に。醤油漬けにした卵黄の天ぷらはとろっと半熟。

1人天ぷら大会開催中。ああ、やっぱり家と『食料庫』と【全料理】は正解、これがあればどの世界でもやっていける気がする。

あと1年で元の世界の酒も飲めるし、楽しみだ。日本酒は料理酒をやめて、美味しいと聞いたことがあるもの数種を選んである。ワインも同様、他の洋酒も菓子に使うので結構ある。ビールも一応、美味しいけどお高いというやつを1種。

せっかくだから自分でも作ろうかな。美味しい水があるし、とりあえず葡萄を作るか。さすがにワイン用の葡萄は『食料庫』にない。あるのはそのまま食べる甘くてでかいやつだ。

斜面に葡萄畑を作ろう。今なら大地と実りの精霊パルと、水と癒しの精霊イシュが手を貸してくれる。

そういえば、いいかげんテラスにある葡萄棚の枝の皮も剥がさないと。ああでも庭には病害虫は入ってこられないからしなくても平気かな？　粗皮《あらかわ》剥きは皮の下に菌や害虫が入り込まないようにするための作業だ。その後、葡萄棚が綺麗に整うよう枝を誘引する。

森の家も進めたいし、結構やることがある。畑の手入れも毎日は無理だなこれ、手伝いはいないし。パルたちの手伝いって物理的なやつじゃないよな？

あ、でも精霊に手伝ってもらえばいいのか。精霊は基本、物は透過して触れない。たとえ触れても、対象に変化――触られているという感覚も含めて――は起こせない。

変化を起こすには力を使う。日常的に草取りなんかやらせてたら力を使い果たして消えてしまう。驚いて一瞬力を放出してやらかすとか、そもそもいたずらのために力を使うこともあるけど。ただ目に見えないところで緩やかに影響を与えるのは得意だ。ひとところに留まっているだけでいい。たとえば意思のないような細かいやつであっても、火属性の精霊がそばにいれば火がつきやすい。

ちなみに意思がある精霊が動き回って流れ出した力は、一番細かい精霊だったりする。属性の粒が集まったのが精霊っぽい？　よくわからないけど。とりあえず精霊に草取りができないのなら、植えてあるもの以外の成長を抑えて、最初から草が生えにくいようにしてもらえばいいのだ。よし、その方向で行こう。

聖域の家を建てるために、また石工や大工のところに行ってお勉強。でも俺の建てたい家のレベルの新築って少なくって、改装方法や知りたくなかった知識だけがついてゆく。

ついた知識といえば、高いところに玄関がある理由。道に汚物があるので、雨の日に汚水が家に流れ込んでこないように。

馬糞《ばふん》やら何やら、頼むから掃除してくれよ！　燃料とかにできるだろう⁉　あと、ノミ・シラミも殲滅《せんめつ》しろ！

なんというか、貧富もそうだけど文化レベルに差があって、たとえばベッド。町家《まちや》では毛皮や羊毛フェルトを敷いてるし、貴族は羽毛布団を使っている。ディノッソ家は藁を敷いた上に布を掛けてベッドにしてるけど、他の農家は納屋の藁に潜り込んで寝るとかそんな差がある。

ここまで差があると、身分違いの恋とかあっても限度があるなと思う。気のいい人も多いけど、考え方が違うので行動も違う。今を生きるのに精一杯なので目先のことで判断する。だって、来年は生きていないかもしれないから。

なかなか世知辛くって近寄れません。俺はなんとかしようと立ち上がるような性格じゃないし。公僕《こうぼく》にはなれないけど、せめて友人知人は清潔にしておきたい。

「やめろ！　何をする！　剥くな！」

あー！！！　っとなって、関係ないディノッソ家の掃除を思いたった俺がいた。

農家でも清潔な方だけどね、ディノッソ家。というか他の農家にも学習のため手伝いに行ってたんだけど、環境に耐えられなくってディノッソ家のみに落ち着いた。

「洗濯するから着替えてくれませんか？」

奥さんに人数分の着替え、靴を渡す。

「おまっ！　朝っぱらから来て何をするんだ、しかもなんで俺だけっ！」

子供たちのノリノリの協力のもと、ディノッソだけとりあえず丸裸にした。俺は子供が加減を知らないことを学習。パンツまで奪うとは容赦ないな。

「あら、いいお洋服。これから子供たちは家畜の放牧で、この人と私は畑なの。汚れてしまうけど大丈夫かしら？」

奥さんには挨拶と共に、本日の目的を説明してすでに許可を取ってある。

「それは差し上げるので、とりあえずディノッソの丸洗いをお願いします」

「井戸端で水浴びさせてから着させるわね」

ディノッソが、俺をスルーするな！　とか叫びながら全裸で井戸に連れていかれたところで掃除を始める。家の中の権限は奥さんにあるのだよ、ディノッソ。

清掃作業の仕方。

煙突や隙間を塞《ふさ》ぎ、暖炉で薬草を燃やして全体を燻蒸《くんじょう》消毒。消毒前に収納できるものは全て【収納】。家が煙でいっぱいな間に外で布類を出して洗濯、及び【収納】に入った余計なもの

——埃《ほこり》や虫の死骸、ゴミなど——を捨てる。

もう1回家の中で【収納】を使って、死んだ色々なものをポイ捨て。ここで畑に昼を届けて、みんなで食事。何を蒔いたかとか今年の天候などの平和な話題を、合流した子供たちに抱きつかれてディノッソに嫉妬されながら聞く。

食事を終えたら、薬草の煙の臭いが少々残っているので拭き掃除、がらんとした部屋なのでそんなに時間はかからない。家具を戻したのち、新しい藁をベッドに用意して終了。あとは洗濯物が乾くのを待つだけだ。

窓の鎧戸の修理をしているところにディノッソたちが帰ってきた。

「ただいま～」

「おかえり」

いつもは抱きついてくる双子とティナだが、俺が工具を持っているからか周囲を笑顔でうろうろ。謎の儀式っぽい。

「あら。本当にきれい」

「お前、掃除の天才か……っ！」

大人2人はまず家の様子に驚いていた。

「頑張った」

「あー、せめて鎧戸は俺が明日やるよ。茶でも飲め」

まだ修理途中の鎧戸をディノッソが窓に適当に嵌めて、俺を椅子に連れていく。

「おう、ウズラ剥いてこい」

「あと卵をお願い」

「はーい」

子供たちにディノッソと奥さんが言うと、元気よく3人が飛び出してゆく。

奥さんがお茶を淹れてくれ、俺とディノッソはカードゲーム。模様は違うけどトランプだ。

暖炉でウズラの焼き具合を見ながらだが、子供たちが奥さんを手伝っているのにちょっと申し訳ない感じ。

こんがり焼かれたウズラは回収され、どうやら煮込み料理になるらしい。ポト酒という糖分が残っている間に発酵を止めた甘い酒をソースに使い、ネギと煮込む奥さんの得意料理だそうだ。ディノッソが言うには、ウズラも美味しいけど、味が移ったネギが堪《たま》らなく美味しいとのこと。ネギの季節も終わりだな～などと感慨深く言うディノッソ。

ディノッソ家は俺の理想の家だ。ただ現実的に考えて、俺の性格ではちょっと無理でもある。ふらふらあちこち行きたいし、1人で籠《こも》りたいことも多いからね。

「そういえばジーンは掃除好きなのか？」

「いいや？」

むしろ嫌いだ。

「じゃあ何でまた？」

「不衛生なのが耐えられない場所があってだな、発作的に掃除できる場所を掃除しに来た」

「ジーンはきれい好きだものね、できたわよ～。運んで！」

何だこいつという顔を向けたディノッツォの後ろから奥さんの声がして、子供たちが皿をかちゃかちゃと持ってきた。

俺のこっちの世界レシピに、ウズラとネギのポト酒煮が加わった！

◆◇◆◇◆

やってまいりましたテルミスト島。透明度の高い紺色の海と石灰岩の白い海岸、砂浜ではないけど綺麗な風景だ。南に山があって、北にも細い山脈が走っている。真ん中は平野。

南の山にある城と東の海岸に建った城塞、西の神殿と王の墓。平野の真ん中にある城塞都市は丸く、今までの街よりさらにからりとして雨が少ないらしく、背の高い木はあまりない。街中に多分人が植えたものが少しだ。

ここの島はカラレの村のレースと、ハシルナの街の銀細工が有名だそうだ。大きな国が1つ、小さな国が2つあるが、2カ国とも大きな国の属国で島では平和が長く続いているらしい。大陸にある国がちょっかい掛けてくるから、海岸に城塞があるんだろうけど。

レースや銀細工を見て回ろうかと思ったが、まずは寺院だ。散財する前に肝心の本を確保しないと。

ルゥーディルの指定した寺院は朽《く》ちかけていた。ここでいいのだろうかと思いつつ訪《おとな》うと、出てきたのはズルズルした亜麻布《あまぬの》をまとった人。頭頂部に毛がない、髭をたくわえた老人だ。

「どうなされた」

「こちらに本が置いてあると聞いて来たのですが、見ることは可能ですか?」

ちょっと不安に思いつつ。

だが、指定された山裾《やますそ》にある建物はこれだけだ。

「おお、黒髪に紫の目、その容姿。そなたがルゥーディル様の告げた者か」

「ここに来るようにと」

「そなたにもルゥーディル様のお告げがあったのだな」

あれをお告げと言っていいのか迷うけれど、言われて来たのは確かだ。

「こちらへ」

積まれた石壁がところどころ崩れ、ヒビが入っている。通路の石は平らではなく、油断していると躓《つまず》く。

それでも祭壇らしいルゥーディルの像のある部屋はましで、それなりに手入れが行き届き、天井の明かり取りの窓から像に向かって光が差している。

「ここで見たことは口外しないという沈黙の誓いを」

「誓います」

老人が何かすると、像の後ろの壁の飾り板が開いてぽっかりと通路が。いつの間にか燭台《しょくだい》を手に持った性別不明の子供——精霊が通路に現れる。

見えない状態でも見えるということは、それなりに力のある精霊なのだろう。青髪碧眼《へきがん》、陶器のような白い肌、色味は違うがどこかルゥーディルに似ている。

見えるようにすると燭台に蝋燭《ろうそく》はなく、こちらも小さな光の精霊が遊んでいる。

ついてこいと言うように、一度こちらを見て歩き始める子供。どうやら老人はここまでのようで、子供に対して浅く頭を下げたまま入り口に留まっている。

子供の精霊についてゆく俺。灯《ともしび》は精霊の淡い光だし、秘密の通路はわくわくするね！

暗い通路を進み扉を開けた先は、ドーム型の天井に床のモザイク画が見事な図書館。光の属性を持つ精霊が飛び交って、天井付近は明るいが、本に落ちる光はとても淡い。

直射日光は本を傷めるし、蝋燭がないのも火を嫌うためだろう。扉から出た場所は真っ直ぐに続く広い通路――ホールと言ってもいいかもしれない――左右には俺の背よりはるか高いところまで続く本棚。

建物の2階、3階部分にあたる場所に本棚から突き出るように通路がある。1階の本棚の間にも通路や扉があり、目に見える棚にはびっしり本が詰まっている。

多分山の中の、地中にある部屋なのだと思うのだが、天井がはるか高いために窮屈《きゅうくつ》な印象はない。目の前の通路がどこまでも続いてるしね。風の属性を持つ精霊もいて本の匂いはするけど、空気も淀んでいない。

「魔法や召喚、精霊に関する本だったね？」

姿は子供だが、落ち着いた声音で話す。

「ええ。でもここの成り立ちも知りたくなりました」

広い通路の真ん中の台座に置かれた1冊の本を手に取り、黙って俺に渡してくる。

それを受け取るとまた歩き出し、本棚の間の扉を開けて入るように促《うなが》された。小部屋には椅子と机、寝椅子があった。そして閉じられる扉、どうやら案内はここまでのようだ。

渡された本にはこの図書館の概要と利用方法が載っていた。成り立ちの最初は、知を欲した本狂いの皇帝が金に糸目をつけずに集めたこと。この島ではなく、今は竜の飛ぶ地になってい

る、さらに南の大陸にあった帝国のようだ。

金にものを言わせるだけでなく、国内や影響下にある国々はもちろん、近くを通る商人や港へ停泊した船からも本を巻き上げ、写本を作る。そして持ち主へ返されるのは「写本」の方。なかなか強引なやり方で蔵書を増やしたようだ。

そして帝国は魔物と竜に飲み込まれる。

その後、朽ちるか焼けるかの運命だった蔵書を、ここに移したのがルゥーディル。やがて本の精霊が生まれ、結合し、図書館の精霊になったのがあの子供のようだ。ルゥーディルの眷属《けんぞく》だそうだ。

今もこの図書館は蔵書を増やしている。焼け落ちたり、地中で朽ちたりして読めなくなった本の文字、そして精霊が外の世界の本にいたずらをして消した文字が、この図書館の写字台に据《す》えられた、真っさらな本に浮き出て写本ができるらしい。

……まさか、精霊のいたずらじゃなくて、文字を写すために消したり違う文字や記号を書き込んでるんじゃあるまいな？

ここのルールは、貴重だろうが低俗だろうが1冊しかない本は禁帯出、同じものがある本は許可をもらって持ち出し可。持ち出した本は、持ち出した者が死ぬとこの図書館に返る。そのため、許可なく持ち帰ると精霊に命を狙われるオプションつき。

持ち出しの許可と自分で探せない本は、司書――さっきの子供の精霊――に頼むこと。音を立てるのはなるべく慎むこと。飲食禁止だが、小部屋は飲み物のみ可。

どうやらこの図書館にいるのは精霊と俺だけ。これだけ精霊が多いとお喋《しゃべ》りでなくともうるさいのだが、ここは静か。この部屋にいる精霊は、光や風単体ではなく、静寂やしじま、沈黙などの属性がついている。微風と密《ひそ》やかさの精霊とか、薄日《うすび》と静けさの精霊とかいった具合だ。

ルゥーディルはここを寺院と言っていたが、静謐《せいひつ》で孤独な空間は確かに寺院と同じ空気。ルゥーディルが司るのは大地と静寂、魔法だったな。一体いつから存在してる精霊なんだろう？　ここの司書より古い精霊なのは確実――って、リシュってさらに古いのか？　あれ？

新たな疑問は一旦置いて、この図書館についての本を読み終える。字が大きいし厚みのわりには早く読めるのだが、章ごとに金箔《きんぱく》張りの美しい装飾があってつい見入る。模様の一部は膠《にかわ》でエンボス加工みたいに盛り上がっていて、薄い箔が厚みを持った金の塊のようだし、ラピスラズリとアズライトの青が美しい。

いかん、いかん、精霊についての本を探さないと。一応、大まかな分類は図書館の本に書いてあった。本棚の間の細い通路でさらに細かい分類を探すよう設計されているようだ。

ただし、うるさい本は別の部屋に隔離されている。ここの本にはほぼ全てに精霊が宿っているのだが、本に宿る精霊もあとから憑く精霊もあまり動かず、静けさを好むものが多い。

好みの問題ではなく、属性的に時間がゆっくり流れている精霊もいるようだが、基本的に静か。ただ冒険譚《ぼうけんたん》や一部の魔法の本などは、やる気にあふれる精霊がこう、ね。喋ったり、どったんばったん動いたりして落ち着かないことこの上ないらしく、分類を無視して別な部屋に詰められている。

静かな空間に俺の靴音だけが響く。

精霊を物理ではなく捕まえる方法を――その前に精霊についてかな？　前回みたいに間違えた方法が書かれていて、判別できないのは困る。

選んだのはなるべく古い本と、新しそうな本、同じ本が並ぶ数が多いものと1点もの。

古い本には本質に近いものが書かれているかもしれないし、新しい本には昔の研究者の考え方がわかりやすくまとまっているかもしれない。数が多いものは普及している考えだろうし、1点ものは異端か貴重な何か。

気になったらそこから読む本の系統を選んでいけばいい。そういうわけで、4冊ほど抱えて小部屋に戻る。

飲み物は許可とのことなのでコーヒーを。うん、野営用の実用一点張りのカップしか【収納】してない。ここでこれは残念極まりないけど仕方がない。次回は優雅なカップを持ち込もう。

小部屋をコーヒーの香りが満たす。

1冊目は濃い焦げ茶に金色の美しい装丁《そうてい》、均一に薄く削られた羊皮紙。茶色く変色したインク、白く塗られた下地が少し剥落《はくらく》したページ。静かにテンションが上がるぞこれ。

精霊の中で生まれやすいのは光と闇、この2属性は他の属性と混じりやすい。属性が混じらない方が純粋で強いけれど、長く存在するほど影響され混ざる機会が多いので、結局強いのは混ざった精霊に多い。

地・水・火・風は4元素と呼ばれ、光と闇はちょっと区別があるようだ。光と闇は必ず対で生まれるけど、どの属性にも取り込まれやすい上に、人間が知らずに消費する量も多いので世界にあふれる量には差が出る。

光と火、地は人間の呼びかけに応えてくれやすい——などなど。ややこしいことも書いてあるが、さすが精霊つきの本だ、ちゃんと頭に入ってくる。

羊皮紙も用途によって色々だ。金が美しいのは滑《なめ》らか、絵が多いものは絵の具のノリをよくするためか少しざらつく。ベルベットのような手触りの本もある。書いてある内容はもちろん質感も楽しめる。

ところで古そうな本にたびたび、新しい本にも一度、「ルフの民」というのが出てくる。古い本では精霊に連なる者、新しい本では精霊の末裔《まつえい》となってるけど、精霊が今現在現役なのに末裔とはこれいかに。

まあ、気になるのはそこじゃなくて「勇者はルフと同等の能力を持つ」の一文だ。ルフについても調べた方がよさそうな気がしてきた。

読み終えた本を返して、新しい本を借りる。ここでは昼も夜もないし、外の音が入ってくることもない。時間を忘れて本を読むなんて贅沢だ。


外に出たら朝だった、空腹も意識しないまま読みふけっていたらしい。リシュの散歩が！

老人に挨拶をし、金を少々渡す。本を買うために貯めたお金はどうやら必要がない。

「ありがとうございます、これで花と水を購《あがな》いましょう」

この島の水は多くの場所でかすかに塩辛いらしく、精霊のためによい水を用意したいらしい。

「水はまた別に持ってきます」

はい、また来る気満々ですので。

【転移】して家に帰る。

「リシュ、お待たせ」

帰って声をかけると、リシュが部屋から走り出てきた。

だいぶ暖かくなったとはいえ、まだ早朝はかなり寒い。俺の家はテルミストほどではないけど暖かい地方にある。ただ、山の上だから冬には雪も降る。カヌムの方がもっと寒いけど。

リシュはさすが氷属性持ち、寒くても元気。あっちに行きこっちに走り、地面の匂いを嗅いでは俺の歩く山道に戻ってくる。縄張りの確認は大切だし、運動と散歩は違うよね。

テルミストは観光もまだだし、銀細工も見たい。レースはディノッツォの奥さんと娘さんへのお土産に、ハンカチくらいならいいだろうか？　いや、それで徴税官《ちょうぜいかん》とかに目をつけられても困る。消《た》えもの《べ》が安全だが、毎度同じというのも芸がない。

散歩ついでに柳の枝を切って集める。ディノッツォ家で籠《かご》を編むのに使うのを思い出したからだ。ディノッツォも奥さんも、柳の枝や、栗の板を薄く削いだものとかで、素朴なものから美しいものまで器用に編む。細かい細工物は奥さんが得意で、果物が入れられて食卓に飾られている。お菓子にこれをつけて渡そう。

家に戻ってリシュを撫でながらブラッシング、仔犬なせいかふわふわな毛並み。ブラシをしなくても絡まったり毛玉になったりはしないけど、触れ合いの時間だ。

さて、さすがにお腹が減った。

小ぶりの牡蠣《かき》を剥いて、塩水で振り洗い。水と昆布、お酒と塩少々を入れてお粥《かゆ》を作る。好みの硬さに炊き上がったら、昆布を取り出して牡蠣とほうれん草を投入、すぐに火を止めて蓋《ふた》をする。牡蠣は生でも食べられるものだし、温まればそれでいい。取り出した昆布はあとで佃《つく》煮《だに》にでもしよう。

本日の朝食は牡蠣粥。塩気がちょうどよくて、優しい味がする。食後に赤カブ漬けとお茶。優雅な食事の時間。


アッシュたちが帰ってきたのは、俺が図書館に行ってから2日後だった。

そろそろかと、借家で本を読んでいたら訪《おとな》いがあった。特に何か配達を頼んでいるものもないし、他に訪ねてくる者もないのでアッシュたちだろう。

「お疲れ様、おかえり」

「うむ、無事戻った」

アッシュの髪が濡れている。どうやら家で一度風呂というか盥《たらい》に入ってきたようだ。アズは濡れた髪が嫌なようで、いつもより肩の端の方にいたのだが俺の方に移ってきた。

「言ってくれれば湯を沸かしたのに」

肩に止まったアズを指先でくすぐると、小さな体を指に寄せてきた。

「これは土産だ。──申し訳ないが、ぜひ頼みたい」

差し出された包みは、討伐のお土産らしい。なんだ？　トカゲの皮にしては小さいし、ツノっぽくもない。それはともかく。

「入ったんじゃないのか？」

「借りるのには申し訳ないくらいの状態だった。多少ましになったとは思うのだが……」

そう言って眉間に皺。怖い顔になってる怖い顔になってる。

「ああ……」

俺にもすごく覚えがあります。家で初めて風呂に入った時、すごいことになったのを思い出す。島の山の中で生活して、時々川に入っていたにも関わらず、湯に入ったら小さな虫が浮いた不快な記憶。

アッシュは調査より長い日数で出かけて、人の多さから河原で水浴びやら蒸し風呂やらはできなかった感じかな？　なお執事は盥で今現在格闘中らしい。

「すぐ沸かそう」

「迷惑をかけるが、さすがに耐えられんのだ。すまん」

竈《かまど》に火を入れて、アッシュが井戸から汲《く》んだ水を鍋に入れる。竈と暖炉に鍋をかけてとりあえずあとは沸くのを待つだけ。うん、バスタブに入れるふりして家の湯と入れ替えるか。カヌムの水は硬水なんで、風呂の湯としてはよくないんだよね。

「湯を沸かすだけならもっと薄い鍋でもいいかな」

今持っている鍋はかなり分厚い。長時間煮込んだり、火を消したあともしばらく温かいのはいいけど、湯が沸くまでは少々かかる。バスタブに移すなら、薄い鍋の方がいいだろう。

「そういうものかね？」

「うん」

鍋の前に暖炉にかけていた薬缶《やかん》の湯で茶を淹れる。茶受けは何がいいかな？　ナッツ類は遠征中も食べてるだろうし、とりあえずクッキーでいいか。

缶からクッキーを取り出す。市松模様のアイスボックスクッキー、丸くて厚みのあるディアマンクッキー。

「どうぞ」

「ありがとう。すまんがあまり近づかないでくれるか？　まだ自分が少々臭う気がする」

「いや、そんなことはないが……。気になるならそうしとこう」

さて、どれくらいの距離を取ればいいんだ？

「魔鉄《まてつ》？」

土産の包みを開けたら、溶岩のようなゴツゴツした黒い塊がいくつか。

「ジーンが持っている剣はただの鉄だろう？　魔鉄を混ぜると粘りと強度が上がる。鍛冶屋に持ってゆくといい」

魔鉄は鉄を含んだ川辺や沼の魔物の胃袋から時々見つかるものらしく、野営地から少し進んだ沼にいたトカゲから採取したそうだ。

獲物と一緒に砂鉄とかを飲み込んだものが、胃でダマになるのかな？　お高い気配がするが、わざわざ持ってきてくれたのだ、ここは遠慮なく。

「ありがとう、森はどうだった？」

「ああ……。ジーンには兄がいるか？」

お茶を一口飲んでから、俺の問いに質問で返してくるアッシュ。「殿」も取れて、呼び捨てにも慣れたようだ。

「いや？」

「そうか」

「なんだ？」

「森でジーンに似た人に会った」

ぶっ！

「どんな人？」

内心ちょっと焦《あせ》りつつ。ローブから顔が見えていたか？

「精霊を連れていて、精霊を掴めて、やさしい」

「ん？」

やさしい？

「あとこれは似ている部分ではないが、不思議な気配がした。属性が定まらずに動くような」

あ、それはローブの中で精霊がたくさん頑張ってくれてたからだな。どうやら俺のことで合っているようだ。

「討伐隊に黒い精霊に憑かれた者が混じっていて、奥に進むにつけおかしくなっていったのだが、金ランクの弓使いニーナ殿が襲われ応戦した。そこで他の男に移ったようなのだが――」

金ランクパーティーの3人は男がアメデオ、弓がニーナ、ローブの女性がローザという回復の使い手だそうだ。ローザは攻撃魔法も担当していたが、弓使いが入って回復に重点を置くようになったらしい。

俺は「黒精霊」って呼んでたけど、黒い精霊と呼ぶのか。まあ、どっちでも同じだろう。

精霊が体の中に隠れてしまうと、アッシュも執事も体の持ち主の気配や魔力に邪魔されて精霊が見えないらしい。

「その男は黒い精霊をどこで拾ってきたんだ？」

「中原で小国同士が戦争をしているのは知っているか？」

「ああ」

取っ替え引っ替え数カ国でやらかしているのは知っている。近づかないけど。

「そのうちの1カ国、ハルディアで大規模な魔法を使ったらしい。長い争いで精霊が離れて数が少ない上での行為により、大量に黒い精霊が生まれたようだ」

「その国はアホなのか？」

見えなくても仕組みを知っていれば自重するべきだし、この世界に住んでるんだから、どう考えても過去に黒精霊の被害を実際に体験してるよな？　体験してないから実感できてないだろう姉より酷いぞ。

今回の事件にどうやら勇者一行は無関係っぽい。あれ、森の黒精霊も戦争の影響というギルドの意見が正しいのか？　いや、神々が言っていたことが間違いとは思えないし、両方だなこれ。なんか精霊の名付けで倍働いていた気分になってきた。

「大抵の傷ついた精霊はまず逃げる。使った人物にそこで直接報復が行くのは珍しいのだ」

「どっちにしてもアホだ」

「ああ。――ハルディアは今年の収穫は期待できないだろう」

契約した勇者が亡くなる前、風の精霊が誓約したことが2つ。1つはドラゴンを説き伏せ、海の上では人を襲わぬようにすること。1つは森がなくても大地を実らす小さな精霊たちをその力で養うこと。

2つ目の誓約のせいで、勇者という力の供給源を失くしたあと、風の精霊は力を失っていったという。ユキヒョウの話ではリシュがガブッとやったみたいだし。

今でも風の精霊の眷属が小さな精霊を運び、中原を吹いている。自然現象的に言えば痩《や》せた土地に栄養豊かな黒い土を、水の足りない土地に湿った空気を広く届けている。

通常ならば辛うじて小麦などの収穫はできるはずだが、精霊の数を減らしたというのなら無理だろう。黒い土からは栄養が抜け、水は届かない。

「そういえば、ローザ殿は現れたローブの男を、ルフの民の末裔ではないかと言っていた。ルフの民については謎が多いのだが」

口に運びかけたカップを止めて、アッシュが言う。

——つい最近学習したばかりのことだ。どのルフだか知らんけど、どうやら間違えられたっぽい。


「石鹸……」

湯の用意完了、アッシュは一度家に戻り、着替えと薪を抱えて執事付きで戻ってきた。薪を持ってくるところが律儀だ。その間に湯を汲《く》み替えた俺です。

湯を沸かすのに薪は大体6キロくらい使うかな。ある程度、金を持っていないと家で風呂に入るのは贅沢。大抵は共同浴場に行く。

俺はちょっと病気がうつるのが怖いし、エッチなサービスも遠慮したいので近づいていない。

そろそろ髪をなんとかしたいのだが、床屋も風呂屋にくっついてるんだよなあ。

アッシュが共同浴場を使えないのは、性別的に障《さわ》りがあるからだろう。いや、衛生面も気にしてるかもしれない。着替えない、滅多に風呂に入らないこっちの人間にしては清潔な人だ。

「使いかけで悪いが、それでよければ使っていいぞ」

置いてある石鹸は、泡立つかどうか作った時に一度試しているので新品ではない。

ついでに浴室の暖炉側の壁——暖炉との間にパン焼き用の窯があるけど——に湯をぶっかけて、蒸気でもうもうとさせた蒸し風呂を時々する。こっちのパン屋にくっついてる蒸し風呂の方式を真似たものだ。

そういえば、こちらでは湯に入るのは「湯屋《ゆや》」、蒸し風呂が「風呂」という名称だったな。

使い分けできていた自信がない。

「固形の石鹸、しかも獣臭くないとは。ジーン様の家の設備には、よほどの貴族でも敵いませんな」

執事が石鹸に驚いているアッシュにタオルを渡しながら言う。

「狭いけどな」

「機能的でございます。いくつか真似させていただきました」

褒めても何も出ません。

「さて、水を汲み終わったら火がもったいないし、湯上がりに食う菓子でも焼くか」

「それは楽しみでございます。水汲みは私めがやりますので、どうぞご用意を」

執事の分の湯の用意だ。

大鍋が熱くなっているので最初より沸く時間はかからないけど、水で薄めるとはいえ暖炉と竈でそれぞれ2杯は沸かさないといけない。井戸から汲むところからだし。

アッシュも長風呂をするだろうから、時間の余裕はあるだろうけど。帰ってきたばかりっぽいアッシュの家に食材が復活してるか謎だし、とりあえず土産用に冷めても平気なミートパイを焼こう。

執事が風呂に行ったら焼きたてをここで食うために何か……。クッキー、ミートパイ以外、ふわふわ系がいいかな――カステラパンケーキにしよう。

そう決めて準備を始める。パイシートはズルして【収納】からストックを出して、材料をみじん切りに。牛肉、玉ねぎ、ニンニク、人参、マッシュルームみたいなキノコ。

こっちでは、人参の色がオレンジから紫、白とかカラフルで細長く、葉っぱも食べる。葉っぱはちょっと清涼感がある味。

窯に放り込んで終了。カステラパンケーキはメレンゲを作るし、もう少ししてから作り始めよう。

「アッシュが森でルフっぽいのに遭遇したと言っていたが、騒ぎにでもなっているのか？」

水汲みを終えた執事に茶を出して話題を振る。

「ルフうんぬんはローザ様ですね。シュルムトゥス王国が勇者召喚をしたという噂がここまで届いております。ローザ様は王国に少々因縁のある方、対抗するためにも見つけたいのでしょう。ルフの末裔が生き延びているというのは、だいぶ願望混じりだと思っておりましたが……。ただ、今回は当たりかもしれません」

ハズレです。精霊の末裔と言われるルフは、勇者並みに強く強力な切り札になりうる。

「ギルドにはしばらく寄りつけないな。金ランクってことは精霊が見える気がするし」

「ええ、ローザ様は確実に。あの方は喚び出して契約することも可能かと思われます。アッシュ様を近づけたくないのですが、冒険者ギルドに行くのを控えるには、なにぶん手元不如意《ふにょい》」

勇者召喚の国と因縁があって対抗する気満々って、俺にとっても地雷以外の何ものでもない。

「対抗するのにルフを探しているなら、精霊が見えて戦力になりそうなアッシュも目をつけられそうだな」

そして協力を頼まれた場合、断ることができるのかどうか。

「ええ。少し休んだらまた奥に行くそうですので、それに巻き込まれなければなんとか」

執事も大変だな～と思いつつ、森の中の聖域に掘った平らな建設予定地を、ちょっと偽装してこようと考える。だいぶ遠いので大丈夫だと思うけど、奴ら水辺に沿って動きそうだからな。

聖地の泉から流れる水がどこへ通じているか調べておくべきだった。いっそ姿を見せて、「ルフじゃありません」宣言するべきかな。面倒くさい。

「ああ。アッシュの方は、俺とかが先に何か依頼をしてしまえば平気なんじゃないか？」

性格上、先に受けた依頼を優先するはずだ。

「なるほど。ぜひお願いいたします」

「だが依頼内容はどうする？」

執事と2人でしばし密談。

アッシュと執事が交代したところで、気を取り直してカステラパンケーキ製造。

卵黄と卵白を分けて、卵黄は牛乳と混ぜて、卵白は砂糖を加えながらメレンゲに。ふくらし粉（ベーキングパウダー）がないので、ふんわりやらふっくらやらはメレンゲで調整する。泡を硬くするとか、砂糖を入れるタイミングとかで結構頑張れる。

パンはイースト菌で問題ない。問題はケークサレとか砂糖を使えない料理だったのだが、これもメレンゲを乾燥させて砕いたものを泡立てたメレンゲに混ぜることで解決。

卵黄の方とメレンゲをさっくり混ぜて、小型フライパン《スキレット》に流し込み窯の中へ。焼いている途中で取り出して十字の切れ込みを入れる。そのあとはこまめに回して場所変えし、焼き色が均一になるように。

「なかなか手間がかかるのだな」

「そうか？」

風呂上がりのアッシュが、興味深そうに窯で作業をする俺を見ている。執事もそろそろ風呂から上がってくるはず。

「お待たせいたしました。いいお湯でした、ありがとうございます」

よしよし、ナイスタイミング。

「ああ、ちょうどできた。熱いから気をつけろ」

スキレットの上にぷっくりとドーム型に膨らんだカステラパンケーキ。十字の切れ込みは薄黄色、他の部分は狐色。その上にバターをたっぷり、メープルシロップを添えて。

ふわふわの生地にバターが溶けて染みてゆく。コーヒーが欲しいが仕方がない、これだけでもだいぶ幸せな味だ。

「牛乳、砂糖以外はごく一般的ですのに……」

執事が不思議そうというより、どこか不本意そう。

素材が違うのでこっちで同じものを揃えても再現は難しいのだよ。

砂糖はお高い。テルミストより南でサトウキビを育てて作っているようだが、まだ庶民が気軽に使える食材ではない。貴族がお茶会を開いて、スプーンがカップに直立するほど入れて自慢をするのがステータスだそうだ。なお、砂糖をスプーンで掻き回すのが前提なので、カップの持ち手は左に来るよう置くというどうでもいい執事情報。

牛乳はそこまで珍しいわけではないのだが、牛より手軽に飼える山羊が街中で飼われていて、山羊乳が主だ。牛乳はバターとかチーズに加工されてから出回ってる感じ。

豊富なのはメープルシロップ。サトウカエデのものは少ないけれど、他のカエデ類のものがよく出回っている。他に胡桃《くるみ》のウォールナット・シロップとか樺《かば》の木から採ったやつとか。森から離れると高いが、この街では手に入れやすい。もっと北の城塞に行くと、さらに色々な種類が売っているそうなのであとで行ってみよう。

「……」

アッシュは黙って食べているが、背景に花が飛びそうだ。

「アッシュ、ちょっと協力して欲しいことがあるんだが」

「ジーンの頼みならば」

「金貨草から薬を作りたいんだが、なかなか手間がかかってな。作業的には簡単なんだが、1人でやっているとどうもな」

工程が面倒なのは本当だが、大量に作る理由は実はない。

「アッシュ様がこちらで作業をさせていただく間、浴室を作る工事をさせていただきたく」

ホーローの浴槽は諦めて、うちの浴槽の形に近づけた特注の桶《おけ》を用意したそうだ。

湯を沸かさず、手軽に蒸し風呂というのも魅力的だったらしく、俺の家と同じように暖炉の隣に窯を作ることにしたため、結構日数がかかるようだ。留守の間に業者だけ入れるのも不安だったらしく、渡りに船のようだ。

日当や期間を決めて依頼完了。討伐から戻ったばかりなので4、5日はゆっくりして、そのあと手伝いに入ってもらう。

俺自身はいざとなったら【縁切】があるけど、親しい人が面倒なのに絡まれたらどうするべきかね。真っ当に断るなり距離を置けばいいんだろうけど、アッシュは正当な理由がある頼みなら面倒だろうが受けそうだしな。

クリスの頼みは断ってたから、ちゃんと選定はしてるんだろうけど。今回、事件もあって早々に引き揚げたが、予想より強い魔物が多かったらしい。ローザたちに、もう一度討伐を行って数を減らしたいと言われたら、それが表面的な理由でも断らないだろう。

「黄斑病《おうはんびょう》の流行り始めは、ギフチョウの羽に黄色が目立つ夏型の時期だ。それまでには数を揃えたい、念のためだがな」

ギフチョウは同じ蝶なのに春型、夏型、秋型があって、模様が違う。春型は薄い黄色というかクリーム色と黒、夏型は黒はそのままで黄色が濃くなってオレンジ色の斑点が2つ出る。秋型は黒に斑点付きのクリーム色。

「寡聞《かぶん》にしてギフチョウが黄斑病の原因とは知りませんでしたが、あれだけのトカゲが魔物化していることを考えると、遠くない時期に大繁殖をするかもしれません」

オオトカゲ君は魔物化した姿よりは小さいものの、十分大きい。大きいけどあまり動かず燃費がいいらしく、普段は植物を食べており、時々おやつのように蝶や虫を食べる。魔物化すると大体の動物は肉食傾向になるため、あまり虫は食べなくなる。

別に蝶の天敵はトカゲだけではないのだが、執事が煽《あお》る。ついでに媒介するだけなので、数が多くても黄斑病が流行ると決まったわけではない。

金貨草は森の奥で群生地を見つけてるし、他の材料を4日の間に揃えておこう。金貨草はそのまま売った方が値がつく気もするんだが、できた薬は幸い保存が利く。

「ジーン様、約束のパーティーですが、明後日の夕方からでご都合はいかがですか？」

「大丈夫だ、楽しみにしている。あとこれ、夕食にでも食べてくれ」

籠に布巾《ふきん》を敷いて入れたミートパイを渡す。

「ありがとう。これも美味しそうだ」

「ありがとうございます」

期間中のメニューも考えないと。アッシュたちの昼飯は俺が用意する、ここの地下倉庫に偽装ではない食材を揃えなくてはならないな、とアッシュたちが帰ったあとに頭を悩ませる。

根菜類の他は野菜がろくに流通してないというのがこう……。とりあえず酒類はガラス瓶《びん》から陶器製の容器に移して、もっと置いておこう。こっちの世界の酒類も買っておくべきか。

小麦粉の追加と豆類、他はもう少し直前でいいな。あ、森にアミガサタケとかシバウフタケを採りに行こう。ディノッソ家で出されたウフタケ入りのオムレツ美味しかったし。ネギも少し時期が外れるけど、まだ美味しいし買っておこう。

根を詰めてやるほど急がないし、作業は朝から昼まで。俺の予定としてはリシュの散歩をして朝飯食べて、作業、昼を食って午後は図書館とか自由行動、そんな感じかな？　アッシュたちも午後は熊狩りに行けるし。

作業を丸々アッシュに任せて出かけてもいいんだけど、一応付き合うつもりでいる。

そういうわけで今日は、聖域がいじれないので寂しく思いつつ、金貨草の採取。お高い草で乱獲されているため、人の出入りの多い浅い場所で見つけるのは大変だが、ここまで来れば話は別。【転移】でよく来る森の奥は、さすがに人が踏み入らない場所だ。

地下茎と種で増え、もともと繁殖力は弱くはないようで結構群生している。とりあえず場所を変えつつ、熊が半分入る例の袋いっぱい採取。

根ごとなので、泥を落とす。井戸の水汲みが面倒なんで、笊に入れて家で洗った。洗ったというか家の周りに水が流れているので、そこに笊に入れて浸けておけば綺麗になる。

【収納】に入れて材料の準備は完了。カヌムの家の3階に作業台、銅製の蒸留機を設置。なかなかさばって困惑する俺。イメージ的にはシャーロック・ホームズの実験装置みたいなやつだったのだが、そうもいかないようだ。まずガラスのフラスコがね……。ほとんどが銅製か陶器製です。

蒸留機、冷却用に水とか入れんでいいのかこれ？　蒸留したい物質を入れておくフラスコみたいな形の蒸留瓶に、管のついたドーム型の蓋みたいなのをかぶせてあるだけなんだが。

蓋の内側の溝に溜まったものが管を流れる仕組みだけど、蒸留瓶を熱するのはいいとして、蓋の方は冷やさないのか？　冷やして蒸気を液体に戻すんだよな？　海水から真水を作るのに、海水を入れた鍋の中央にコップ、上に中華鍋を置いて、冷却のために中華鍋にも海水を入れるのと同じ仕組みだろう？

これは鍛治小屋の炉にいよいよ火を入れる時が来ただろうか？　まあ、道具の改造はあとにしよう。今回は完成まで時間がかかった方がいいわけだし。とりあえず薬が出来上がる前に、金ランク組にはさっさと二度目の討伐に行って欲しいところ。

やりたいこととか作りたいものが山積みなんだが……。制限されることがなくて、自分でやる順番を決めて、やりたいことができるのが幸せなんでいいけど、自分がこんなに多方面に手を伸ばすタイプだとは思ってなかった。


薬が作れる設備を整え終えて、あとはパーティーを組むまで図書館通い。

司書にルフの民に関する本の場所を聞くと、明かりの灯る——精霊だが——鎖のついた下げ香炉《こうろ》を持って案内してくれる。香炉から上がる煙はかすかな匂いがあるだけで、薄く広がり本の隙間に消えてゆく。煙には防虫効果があるっぽい。

明るい通路から暗い方へと連れられる。人々の記憶が薄い本、目を背《そむ》けたい記録、忘れられた物語は暗い場所にあるらしい。

ルフの民と呼ばれるのは2種類。

古王国時代にパサ国を作ったルフ人は、誰もが必ず精霊から守護を受け、人口は少ないが強国を作り、文化レベルも今より進んでいたとさえ言われる民だ。王位争いの疲弊と、数の多い野蛮な者たちに攻め入られたことによって滅ぶ。

その後、いくつかの国が興ったが統治がうまくいかず、長く続かない。辺境で細々と命を永らえていたルフの女性を見つけ出し、女王と仰いでようやく安定したようだ。国名をルフと名付けて国民はルフの民と名乗るようになった。

「で、ルフ国が滅びる時に王家は皆殺し、と」

思わず半眼《はんがん》になって独り言が口をついてしまった。

当然、精霊の系譜とされるルフは、最初のパサ国のルフ人。そして今現在ルフの末裔を名乗っているのは、ほぼ関係ないルフ国の人々の末裔。ただ、王家のお陰で国に精霊が多かったらしく、環境から魔力が多い国民ではあったようだ。それでなくとも古王国時代は今より精霊が多く、人々の魔力も多かったとされている。

精霊の系譜といわれる「ルフA」ほどじゃないが、あとから名乗った「ルフB」も今の人と比べたら十分強いし、精霊に近いというか扱いに長《た》けているので、誤解が解ける機会はなさそうだ。ルフAの場合、精霊に守護されると、呪文もなしに完全に自分のものとして精霊の力を使えたらしい。だが守護した精霊は見えなくなってしまう。もしかしたら、ルフAの受ける守護は聖獣とか魔物のそれに近く、同化したのかもしれない。

コーヒーを飲んで一息入れる。

どっちのルフだかわからんけど、その後も国の盛衰にちらちらルフの名前が出てくる。伝説と言ってもいいけど、微妙に近い存在。これは痕跡があれば探したくなるわな。

4章　飲み会

「お疲れ～!!」

カップを上げて乾杯。

2キロはありそうな骨付きリブロースがそれぞれの皿にドーンと。皿というか、まな板っぽい器だけど。ちょっと固いがしっかりとした噛み心地で、肉を食ってる!!　という感じでテンションが上がる。

「牛も美味い！」

木製のカップに入った赤ワインをビールのように一気飲みして、肉を噛みちぎるディーン。

「あー、牛はクセがなくていい……」

「焼きたては素晴らしいのだよ！」

討伐中は干し肉とか現地で魔物の肉とかなので、不満があった様子のレッツェとクリス。

岩塩で味つけした牛肉の塊を炭火でじっくり焼いた肉を削ぎ切っては、オレガノ、玉ねぎ、塩が入ったソースか、ニンニク、パセリ、酢が入ったソースのどちらか好きな方をつけて食べる料理も同時に出ている。

というか、机いっぱいに料理が広がっている。さすが牛1頭という感じで、肉料理の数々がどんどんどん！　っと。

黒胡椒と赤ワイン、ローズマリー、ローリエで煮込んだ牛スネ肉の煮込みは、レンガを焼く窯の片隅に鍋を置いて作ったのが発祥だとか。スパイシーで赤ワインが濃厚。食べ慣れたシチューとはちょっと違うけど美味しい。小麦粉の皮で餃子《ぎょうざ》のように半月型に包んだ肉とチーズを揚げたものは、もう少し肉汁が欲しいかな？

「むう。ミートパイは出ないのだろうか？」

アッシュの呟きを拾って、ちょっと得意になる俺。

根菜と牛乳、チーズのソースで煮込んだヒレ肉をスライスして、パンに載せて食べる。これはあとで作ろう、牛乳と生クリーム半々に変えればきっともっと美味しくなる。

って、野菜が食べたい。さすが1頭、なかなかの肉の量……。

「三本ツノ、二本ツノとも多かったが、黒魔《こくま》が狼だったのがヤバかったな。おっと、親父！　5、6本まとめて持ってきてくれ」

ディーンはワインを水だと思っている気配。

黒魔は普段俺たちが狩っている魔物の、目の周りに黒いところが広がったヤツだ。黒が広がらないままツノだけ増えてゆくヤツとか、色々だ。ツノが多いのは身体《ぶつり》と食欲が強く、黒が多いのは精霊が持つ力——主に魔法——と人への憎しみが強いと言うが、はっきりはしていない。

黒が全身に回ると、不思議なことに今度はイボや皺が消えて綺麗になってゆく。容れ物の能力に左右される部分も多いので一概には言えないが、綺麗な魔物は精霊と完全に同化して力を振るい、飛び抜けて強い。そいつは別格として、普通、魔物はツノの多さや、黒の覆《おお》う面積で大体の強さを測る。あとツノの色とか。

トカゲは力は強いけど、長距離の移動が不得意なので平気だが、移動が得意な魔物が強くなると人にとって脅威だ。街に攻め込むというか走り込んでくるから。なんか弱いのもつられて追ってくるみたいだし。

そんな街にとって脅威の狼君を討伐したらしい。要するに俺は、魔物討伐のハイライトを見損ねている。まあいいけど。

「どう考えてももっといるだろ、あれ」

「中原の戦況を聞く限り、もう少し余裕があると思っていたのだけどね、ギルドもこの私も。いや、ギルドは予測していたのか」

「金ランクの3人が参加していたからな」

クリスとディーンが飲みながら、ぼやきとも状況説明ともつかない会話を続ける。あれ、ローザはやっぱり金ランクだったのか？　よくわからん。

俺はリブロースを骨から毟り取るのに忙しくて、聞き役に回っている。なんかこう、肉食ってるぅ！　って感じだ。

「……似合わねぇな」

「宵闇の君はワイルドなのだね」

「いいから会話に戻れ」

俺の食べ方なんてどうでもいいだろう。

「ハルディアの他にも、どっかの国がヤバい魔法を使ってる気がする。ローザたちがシュルムでの勇者召喚の話をしてたし、そっちかね？　何にせよ手遅れになる前にわかってよかった」

レッツェが話題を戻す。

ああ、勇者と戦争の相乗効果か。俺は勇者ばかりに目が行ってたが、ギルドは戦争の方を注視してた感じだな。

それにしても野菜が食いたい。

「アメデオも、次はパーティーの面子《めんつ》で国内にいるのは全部呼び寄せるつもりらしいし、参加は何人になるのかね？」

「久しぶりの大規模討伐になりそうだね！」

金ランクのいるパーティーは魅力的らしく、日本のゲームの大規模ギルドとかクランとか並みにメンバーがいるらしい。水盆の映像だけじゃ誰がメンバーだったのかさっぱりだが。

「お2人はアメデオ様のパーティーにお誘いが？」

執事が、次の討伐がちょっと楽しみそうなディーンとクリスに、ワインを注ぎながらにこやかに問いかける。

色々聞かされたせいで、俺には執事のセリフが副音声になり、アメデオの部分がローザと聞こえた。人を集めて国の再興とか考えてそう。

「誘われたけど性《しょう》に合わねぇから断った」

「私も騎士として美しい人の願いを叶えるのに吝《やぶさ》かではないが、鶏口《けいこう》となるも牛後《ぎゅうご》となるなかれだよ！」

その故事成語《こじせいご》、こっちにもあるのか。いや、【言語】で俺にわかるように入れ替えられてるだけかな？　あとクリス、騎士だったの？

「アッシュたちも誘い、あったんだろ？」

「む、あったが断った」

肉を切り分けていたアッシュがディーンに答え、執事は微笑むだけ。

「俺にはさすがにお誘いなかったな」

レッツェがちょっと口を尖《とが》らせて言う。

「それは見る目がない」

「ははは、ありがとう」

いや、本当に。レッツェはお世辞だと思ってる風だけど。これやっぱり、精霊がいるかいないかで選んでる気配が濃厚だな。

「もう黒い精霊に憑かれてる奴が混じるなんてことはねぇだろうけど、ちょっと面倒だな」

「ああ、アメデオのパーティーメンバー《しんじゃ》に誘いを断ったのがバレたらか。頑張れ」

嫌そうなディーンに適当な応援を送るレッツェ。

「誘いを諦めてないっぽいところも、な」

「面倒そうだな、頑張れ」

同じく適当な応援を送る俺。

「戦闘を見ている分にはなかなか勉強になるのだよ！　宵闇の君は次も不参加なのかね？」

「もちろん」

クリスの問いに間髪入れず答える。野宿も嫌だし、面倒そうな人間に近づくつもりもない。

「ジーンの鞄、金ランクの３人にギルドが贈ったせいで評判だってさ。ギルドに注文が殺到してるみたいだぜ？」

「リスクなく、金が入ってくるのはいいことだな」

レッツェが教えてくれた鞄に関しては、金ランクに感謝しよう。

パーティーの規模が大きいのも大いに結構！　全員で鞄を揃えるのをお勧めする。営業を頑張るのは冒険者ギルドにお任せだが。

「まあいいや。飲むぞ！」

そう言ってまたワインを一気飲みするディーン。結構度数強いと思うけど、平気なんだろうか？　今日の酒はいつもの水代わりの薄いワインではない。俺は【治癒】があるせいで、ほろ酔い以上にはならない気配。

「ああ、久しぶりの牛肉も楽しまねば」

シチューをスプーンでひとすくいすると、口に運ぶクリス。

「美味い！　それにしても月影の君は綺麗に食べるね、まるで貴族のようだよ」

「……そうか？」

隠れている身としては、貴族らしくない方がいいのだろうか——そんなことを考えてそうなアッシュ。

ディーンとクリスが潰れるまで、突然現れたルフの疑いがある怪しい男《おれ》の話や、勇者についての話、ディーンの部屋探しやらを聞いた。

アッシュがいるのに下ネタや女性の吟味話《ぎんみばなし》になった時は焦ったが。酔っ払いは声がでかいし！　戸惑うし、馬鹿じゃないのか？　と思うこともあるけど、それも含めて楽しい。

酔い潰れた男３人を宿になってる２階の部屋に詰め込んで、アッシュと執事と帰る。レッツェもこういう時は酔い潰れる主義らしい、宿屋を取ってたのはレッツェだ。


熱さましに、砂糖漬けの薔薇《ばら》の花。

翌日、金貨草の山の前で、こっちの薬について考える。この世界、薬のレベルがファンタジーな回復薬と迷信の間を行き来している。いや、回復薬に効果があるなら、これにも効果があるんだろうか……。精霊汁が決め手？

「まずこれを、こんな風に茎の部分と分けてくれるか？　この白くなってるところとの境」

ナイフでぷつんと切ってみせる。

金貨草の横に伸びた地下茎と根は白っぽくて、使いたい成分の抽出方法が違うので色のついた部分と分けるのだが、これが面倒くさい。分けなくてもそれなりに取れはするが、量は４分の１以下になる。

「承知した」

「すごい量でございますね……」

「うむ、これは確かに１人ではきつい」

執事がドン引きしてるのは金貨草の値段を知っているからな気がするが、まあスルーしておこう。

「しんなりすると切れにくくなるけど、しんなりすること自体は気にしなくていいから。あと菓子の缶がそこの棚にあるから自由に食ってくれ」

1階のいつものテーブルのそばに、金貨草を入れた籠と空の籠を2つ。テーブルの上にはナイフと手拭きとお茶の用意。暖炉にはしゅんしゅんと湯が沸いている。

黙々と作業を始めるアッシュと執事。ちょっと、執事！ 速い！ 目的忘れてないか？ 思わずジト目で見たらゆっくりになった。ぷつんと切っては籠に分けて入れる作業。

俺は分けられた葉っぱ部分を蒸留器に突っ込むお仕事。下から熱して水蒸気と共に上昇する成分が上で冷やされ、瓶に滴《したた》り落ちる構造なので、火が消えないように気をつけていればいい。

床が石畳なのをいいことに、1枚薄い石板を敷いて、小さな炉というかレンガを並べたところで作業をしている。だって、3階に上がるの面倒なんだもん。

分ける作業に加わろうとしたら、依頼されたことだからとやんわり断られたので、蒸留器の具合を見ながらお菓子と昼を作ることにする。本を読んでもいいけど、さすがに気が咎《とが》めた。

昨日牛だったから、今日は魚にしようかな。台所でパンをこねながら献立を考える。材料が売ってないこともあるし、パン種を寝かせている間に買い物に行ってこよう。

まあ、売ってなくても作り置きがあるから、昼だけならしばらく回せるけど。

「ちょっと昼の材料買ってくる」

「ああ」

「いってらっしゃいませ」

蒸留器の火の具合を見て、アッシュたちに声をかける。アッシュは手元から目を離さず、一心不乱。怖い顔になってる、怖い顔になってる。

「あー。2人も休憩挟んでくれ、まだあるし根を詰めると疲れるぞ？」

肩こりがしそう。

「お茶をお淹れしましょう」

執事が布巾で手を拭きながら立ち上がるのを見て外に出る俺。

バザーは早朝の方が物が多いのだが、売り切れているほどではない。早朝は家で食事を作らない人たちが朝飯を詰め込むための露店が多く、一部交代して販売を始める店もあるからだ。

朝一でここで食べてから川で釣ってきた魚を並べていたり、ウサギを並べていたりするわけだ。さて、目当ての魚は――。

「この鱒《ます》を3匹頼む」

黒っぽい鱒と斑《まだら》模様の入ったニジマスが並ぶ。塩漬けとか燻製《くんせい》にしたのも他の店で売ってるけど、本日はこれでムニエルにしよう。まだ生きてるし！

鯉にウナギにナマズ、ザリガニ。日本のウナギとやや違うけど、【鑑定】結果で主な料理に蒲焼《かばや》きも挙がってきているので作ってみようか？　いや、白飯がないと微妙か？

――あとで釣りにチャレンジしよう。最初のあのサバイバルの時、釣りができてたらもう少し食生活が豊かだったかもしれない。突然与えられた今の能力、突然取り上げられないとも限らない。色々覚えておかないと。

さて、野菜はどうだろう？

相変わらずのカブとか根菜類、キャベツ。こっちのキャベツは丸い玉になったものもあるが、ちょっと縮れて黒っぽい丸まらないやつがある。キャベツはどちらも11月から今の時期まで食べられるので、冬の間によく使う野菜だ。

キャベツを２玉。いや、５玉買ってザワークラウトも作るか。そろそろ時期が終わってしまうし、今のうちだ。

鱒のムニエル、スープはベーコンとキャベツでいいか。黒キャベツはスープの色が悪くなるので今回はお休み。明日はロールキャベツにしてもいいかな――かぶるのでスープは作り置きの豆のスープにしよう。

他に適当に野菜やキノコを買って、買い物終了。

「ただいま」

「お帰りなさいませ」

「おかえり」

相変わらずアッシュは根を詰めて、真剣な顔。根っこを切ってるだけに根を……げふんげふん。

「そこまで厳密じゃなくていいぞ」

いやもう、本当に。ちょっとくらい葉っぱの方に白い部分がついていても問題ないからね？

「うむ」

アッシュからは生返事が戻ってきた。

台所に荷物を運び込み、戻って蒸留器をチェックして薪を足す。蒸留器から滴り落ちたものは水と油に分離するので、溜まったらそれを分けるのだが、まだまだのようだ。やっぱりもう少し冷やせるような構造の方がいいんじゃないだろうか……。あと分液器欲しいな、分液器。

ここにある一般的な薪は大きすぎるので、手斧《ておの》で細く割って蒸留器用に大きさを整える。使った分の倍を作って作業完了。

台所に戻って、手を洗って料理開始。まず作り置きの豆のスープに塩漬け豚を足して、壺に入れて暖炉に設置。

ムニエルは通常、魚を〆てから調理するまで少し寝かせる。獲れたてのまま焼くと、身が締まりすぎていて調理中に破裂するのだ。でも今回は本当に獲れたてなので、鮮度がいいまま使おう。

エラを取り除いたりの下処理をして、臭みを取るために牛乳にどぼん。とりあえず放置。

その間に膨らんだパン種をいくつかに分けて丸めて窯へ。窯に隣の暖炉から炭を移して火加減を調節。暖炉には新しい薪を足す。

台所に戻って鱒を取り出し、牛乳をよく拭いて塩胡椒。小麦粉を薄くまぶしてバターたっぷりでムニエルに。うそです、しつこくなりすぎないようにオリーブオイルも少し混ぜました。じゅっとレモンを絞って味を整える。

ちなみにレモン、ここでは高級品。俺の家がある国とか、もう少し暖かいところでないと栽培が難しい。レモンや柑橘類《かんきつるい》は富の象徴で、お金持ちと貴族が専用の温室で作ってるみたい。ナルアディードのお隣ナルアディルでは、道端に普通に生ってる状態で食べ切れないのに。やっぱり流通に時間がかかると、気候が食文化に影響をバリバリに及ぼすな。

付け合わせはキノコのソテーとアスパラガス。やっぱりちょっと破裂させてしまったので、見栄《みば》えが少々悪い。

「昼、できたぞ」

パンも焼き上がっていい具合。

「天気もいいですし、開けましょう」

執事が大きな扉を開けて、風と光を入れる。

金貨草を切る作業でちょっと青くさかった部屋がすっきりして、焼きたてのパンとムニエルの焦がしバターのいい香りが漂う。

「いい匂いだな」

アッシュが心なしか嬉しそうな顔。怖い顔だけど、多分。


「洗濯させていただきます」

午後は自由時間で解散のはずが、笑顔で言い切る執事にシーツやバスタオルを回収され、洗われ、干されている。タオル類はともかく、シーツはここで寝ていないので置いてあるだけなんだ……っ！　決して万年床にしてるわけでは！

家のシーツ類は洗濯してる、洗濯してるよ！　洗濯せずに新しいの買ってもいいかな、などと誘惑もあるけれども！

そのことは言えないため、執事の中で万年床の男として認識されてしまった。家の前の路地にシーツやタオル、シャツなどが翻《ひるがえ》る。

これ、反対側の家の人にはどういう交渉をしてるんだろうな？　暗黙の了解なんだろうか。

カヌムは陽光が弱いというか天気が悪い日が多くて部屋干しなのか、外に干しているのをあまり見かけない。でも暖かいところでは家同士で洗濯紐をかけてるのを見かけるので普通？

「面倒でしたら洗濯女に頼むのもよろしいかと」

「ああ」

洗濯女はその名の通り、汚れ物を持ってゆくと洗濯してくれる女性だ。子供を抱えた寡婦《かふ》であることが多い。家に訪ねてくるタイプもいるけど、それは大きな家で洗い物がたくさんある場合だ。

パンツ以外はちょっと頼んでもいいかもしれない。

「要望を聞いてくれて、面倒くさくない人っているだろうか」

「要望の方は心づけを弾めばよろしいかと。面倒の方は――ジーン様はおモテになるので……」

世話焼きおばちゃんに縁談《えんだん》を持ってこられる未来しか見えない！　露店で2回しか顔を合わせていない状態で、おばちゃんに何人か候補を挙げられた実績が……っ！

「よろしければ、うちの分と一緒に頼みましょうか？」

「よろしく頼む」

これで洗濯から解放される！　硬水で洗うとゴワゴワになりそうだが、まあいい。水に溶けている石灰が付着して白がグレーになりそうだがまあいい。いや、よくない気がする……。頼むと言っておいて悩む俺だった。

とりあえず頼んでみて、様子を見よう、そうしよう。

「洗濯紐って、お隣にお願いして張ってもらうのか？」

2階部分と3階部分にはためいている洗濯物を見ながら、疑問をぶつける。

「ええ、最初に結ばせていただく時に。お互い様ですから」

「隣、干してたことあったか？」

見た覚えがない。時々、アッシュの家のものだろうな、というタオルなどが干されてることはあるが。洗濯女に頼んでいるなら、ここに干す機会はあまりないのか。

「今お隣は無人でございます。討伐隊のことで魔物の氾濫《はんらん》を随分心配してらっしゃいましたので……」

引っ越し済みだった！

うん、俺の借家ができたのも魔物に市壁を壊されたせいだし、それを考えると怖い場所かもしれない。お陰で家賃安いけど。

そんなこんなで寝ていない弊害も出たけど、無事依頼完了。討伐隊も2日前に無事に出発している。

「お疲れ様でした」

「うむ、お疲れ様」

「お疲れ様です」

小さな陶器に詰めた薬が、３００本ほど地下の倉庫に並んだ。どこか病気が流行りそうな場所があったら売り払おう。

「アッシュの家も、風呂の完成おめでとう」

「ありがとう」

うちと同じく窯を作って、蒸し風呂もできるスタイルにしたそうだ。浴室を含めてほぼ水回りの構造がまるっと一緒になった。うちより家の横幅があるので浴室が広めなのが羨《うらや》ましい。

「これは今回の報酬とおまけ。肩こる作業だったと思うし、風呂でゆっくりしてくれ」

金の入った袋と小瓶を３つ渡す。

「これは？」

「2つは今回作った薬、タグがついてるのはラベンダーの香油。蒸留器を試した時に作ったやつで悪いけど」

香油を作ったはいいが、使わないので余り物。そして薬瓶と同じものに入っているという残念具合。

「高いのではないかね？」

「原価はそんなにかかってないぞ？」

「お高《たこ》うございます」

高かったらしい。暇になったら色々作って売るのもいいかもしれないけど、借家がすごい匂いになりそうだ。

「ラベンダーオイルは火傷《やけど》にも効くし、売り物にする気もないから持ってってくれ」

「ありがとう」

ちょっと嬉しそうなアッシュと、後ろで黙って頭を下げる執事。

さて、薬を何本か商業ギルドに持っていって、黄斑病の薬が作れることをアピールしておこう。万が一、病が流行ったら買い取りの打診が来るはずだ。


商業ギルドで黄斑病の薬ってあったのか!?　とかいう騒ぎが起こるとは、予測してなかったとです。

挙句《あげく》、薬師の弟子だったとかいう老人が呼ばれてきて、「これは確かに師の作っていた薬……っ！」などと言って泣き崩れるのにも困った。俺は師とやらの生まれ変わりじゃないです。勘弁してください。

金貨草とか呼ばれるだけあって、薬の製法はまるっと忘れられてたようだ。ただ貴族の間でこの草を酒に漬けて飲む習慣があるというのは、最初は黄斑病を予防する意味だったんじゃないかとちょっと思った。

「これで夏が近づくたびに、黄斑病に怯《おび》えることがなくなる……」

まだサインの前だが、処方ごと売る方向で話を進めている。

ただ、金だけでの支払いはきついらしく、金以外で何かないか条件を詰めている。俺はランクの都合上、この額の取引だと商業ギルドにしか売れないからね。

特に地位も名誉も特権もいらない人間って、扱いにくいのかね？　にこにこ現金払いでいいんだけど、そこまで資金に余裕がないと言われると途端に困ってしまう。

薬師ギルドから商業ギルドに金を流す話もあるけど、第2次討伐隊が帰ってきた際の素材の買い取りが控えているので、両ギルドとも現金を残しておきたいようだ。

討伐隊の大半は金ランクにくっついてきた奴なので、終了後はこの街から移動してしまう――金以外の報酬の提示が難しいのだ。

第1次討伐の時も、魔石の買い取りだけで結構な金が出ていったそうで。俺としては、ギルドがさらに素材をどこかへ売り払ったあとか、加工品が売れるまで待ってもいいんだけど。

「ところで『灰狐《はいこ》の背』にある家って、売りに出ていますか？」

『灰狐の背』は、俺の家への路地とアッシュの家に面している通りの名前。昔は別の名だったらしいが、灰狐を核とした魔物の氾濫の時以降、そう呼ばれるようになったそうだ。ちなみに市壁に沿った、一番被害が出た通りは『灰狐の爪』。

「ああ、ジーン様は借家でしたね？」

「ええ、近所なので、どういった人が買うか気になりまして」

「少々お待ちください」

息抜きの雑談のつもりだったのだが、職員がどこかに引っ込んでしまった。そこまで真面目に調べなくていいんだが。隣人が面倒だったら引っ越すし。

出された紅茶を飲みながら、資料を眺める。なんか前に来た時よりも待遇がいい、以前はハーブを煮出したお茶かアルコール度の低い水代わりのビールとかだった。紅茶はお高いのだ。

「お待たせしました」

しばし後、新たな資料を抱えて帰ってきた職員さん。

「ジーン様、ズバリ家を買いませんか？」

「いや、まだこの街に住んで1年未満です」

問題を起こさずに住んで5年で、狭い通りに面した家を買うことができ、住んで10年と何か功績を上げることで、大通りに面した家を買える。

さらに金持ちの住むエリアとか、防衛上重要なエリアなど、特定の団体や人の推薦がいる場合もある。各ギルドで集まって住む場合もあるし、金があれば買えるわけでないのが都市の家だ。

冒険者は身元が怪しいから、銀ランク以上じゃないと買えないとかね。鉄ランクは結構粗暴な奴らが多いけど、銀ならある程度ギルドや都市に貢献してる証になる。

「そこは商業ギルドと薬師ギルドが推薦いたします。今お住まいの家をそのままご購入できるかは現在確認中ですが、もう少しよい通りに家を持つこともできます」

にこやかに押してくる職員さん。蜂蜜色の髪のちょっとそばかすが散った美人で、きびきびと動く。どうやら手元の新しい資料は、ギルドが扱っている物件のようだ。

「『灰狐の背』の家ですが、売りに出ています。商業ギルドの委託なのですが、今は時期が悪いので、討伐が終わって落ち着くまでは短期賃貸に回す予定でおります」

時期が悪いというのは、住人たちが引っ越した理由と同じく、討伐隊が組まれたことで魔物の氾濫する可能性が噂になり、過去の事件もあって買い手がいないか、買い叩かれているのだろう。俺の家で補強されているとはいえ、一度崩された市壁側をわざわざ買う人は少ない。

買うとしたら、安くて喜ぶ俺みたいなのだな。

「ここだけの話ですが、金ランクのアメデオ様が人探しをしているらしく、正式な討伐が終わったあともこの街に滞在する可能性が高いそうです。短期賃貸は、ご本人たちはともかく、取り巻きの方々向けにですね……」

うわぁ、うっとおしい！

「今住んでいる家が買えるならば、そこも買いたいです」

そして魔改造して、一般市民に賃貸するよ！

一応、商業ギルドの扱う物件の説明も受けたが、今の家が気に入っているということで。ギルド側は、もっと金がかかって、ついでに推薦の恩恵が大きいところをそっと押してきたが、これで庭が広いところになんか越したら、またやることがですね……。

話している間に、今の借家も買い取り可能とのことで、2軒まとめてお買い上げ。ついでと言ってはなんだが、台所から『灰狐の爪』通りに出る扉をつける許可をもらった。

構造的に市壁と2階、3階部分がくっついたアーチの真下に扉をつけることになるが、入り口が正面だけだと何かと不便で、どうしても。アッシュはともかく、執事には出入りのフェイクがバレそうで不安だったもので。

そういうわけで、対価は家が2軒と、裏口をつける許可。新しい出入り口をつけるのに許可がいるのか知らないが、俺の家は市壁を支えるために作られた家なので念のため。

なお、普通の家は建物の裏同士や側壁同士を共有していることが多いので、新しく出入り口をつけるのは物理的に無理そう。アッシュの家みたいに側面が路地に面していないと難しい。

壁に穴を開けたら別の人の家だった、みたいなのはちょっと。支配階級の一戸建てか、市壁の外に建ってる一戸建て（？）とかじゃないと無理だ。

家の改造を終えたら、貸し出しは商業ギルド経由でできるようにお願いした。その前に下水関係の工事の依頼をしたが、混み合ってるようですぐは難しいようだ。街の衛生が向上してるのかと思うと、嬉しいので文句はない。

さて、どんなリフォームしようかな？　1部屋ごとにバスルームやキッチンをつけるのは構造的に難しいし、どっちにしろ井戸の問題がある。結局、1階に水回りだな。ちょっと他の借家を見て考えようか。

◆◇◆◇◆

いつもの朝が来て、リシュと散歩をする。途中、広い場所でいい感じの棒を投げて、取ってこい遊びをした。棒が気に入ったのか、くわえたままのリシュと散歩の続き。早く持ち帰りたいのか、寄り道もせずにたったか走るリシュ。

畑も順調、苺用に藁をもっと調達してこないと。こっちの世界の苺は、なんか小さいのはとにかく表面がボコボコしている。そしてこれまた薬用。気鬱《きうつ》の病に効くらしい。実をつけるのは年に2回、目の覚めるような酸っぱさだ。

今日の朝食はシンプルにご飯、豆腐とワカメの味噌汁、焼き鮭《ざけ》とたくあん、ばくだん。ばくだんの中身は納豆、山芋、オクラ、マグロの赤身、卵の黄身と刻み海苔《のり》。使わなかった卵の白身は、あとでムースにする予定だ。

味噌汁の具って、日本で時々好きな具とか、ありえない具のアンケートをしてたけど、使う味噌によるよなぁ、なめこだったら赤出汁とか。すーっとする味噌とか甘い味噌とか色々なのに、どの味噌かの情報がなくて気になった記憶がある。向こうの世界であちこち食べ歩きしたかったたな。

あ、いかん、思い出してイラっとした。こっちの世界ではあちこち行って楽しもう。どこへ行こうとも自由だし、落ち着く家がある。

日本でさっさと脱走しての一人暮らしを夢見てたせいで、どうも間取りとか家具とか立地とか、楽しくてしょうがない。つい家を買っちゃったし——森の家をいじれなかった反動もあるけど、衝動買いしすぎだろう俺。

今のところ、家具は気に入った職人さんとまだ出会えていないので控えているけど。とりあえず借家——今月はまだ家賃を払うことになっている——の裏口だな。どんな扉がいいかちょっと考えよう。

「あれ？　レッツェ？」

「おう、打ち上げぶり」

久しぶりに冒険者ギルドに顔を出したら、見知った人がいた。

「討伐、行かなかったのか？」

「どうも外から来た奴らの方が人数多くてな。参加すると、かえってクリスとディーンの足を引っ張りそうだし、今回はサボり」

ひらひらと手を振ってみせるレッツェ。

「邪魔だな金ランク」

「こらこら、魔物の氾濫を止めてくれる、ありがたい存在なんだから」

苦笑いしながら一応な感じで諫《いさ》められる。

カヌムから情報が回って、こっちでの最初の討伐が終わったあたりから、森に面した他の街も討伐隊を募集し始めたそうだ。

冒険者ギルドや商業ギルドが大きな力を持つのは、その情報伝達能力によるところが多い。支部の多くが精霊による情報のやり取りができる人材を確保しており、対処が早い。

水系だと音が聞こえないとか、風だと音は聞こえるけど映像なしだとか、そもそも精霊が気まぐれすぎて長時間は無理とか、スムーズとはちょっと言えないらしいけど。

一旦、その国のギルド本部に連絡が行き、そこから連絡網に乗るらしい。カヌムだと、情報を上げるのは王都の本部と森に面した一番大きい城塞都市の支所。入ってきた情報を流すのは近隣の村4つ。

どこに流すかはケースごとに判断されるけど、基本はそんな感じのようだ。

アメデオ（ローザ）のパーティーにも連絡要員がいるそうなので、ルフと勘違いされたあの格好で隣町に近い森をうろついてくる予定だ。ちょっとずつ北上してるような情報をばらまいて、黒山を通り越して西に誘導するつもりでいる。

うまいこと冒険者を動かせるように、情報提供を精霊に頼みに行かねば。

ちなみにカヌムは人口5000人くらいの都市で、森の中にある城塞都市はその倍くらい。森から離れればもうちょっと都市の人口は多くなる。魔物や獣が出ないので畑を広げることができ、安定した食料の供給ができるからだ。天候に左右されまくるけど。

森は人にとって一種の異界で、危険な場所。恵みをもたらしてくれるけど、浅い場所の森を利用するのが精一杯。多くの人口を支えるには至らない。

カヌムが人口のわりに商人の出入りが多いのは、魔物の素材があるお陰だ。他に目立った特産品はないし、森の魔物を独占してるわけでもないので、経済規模はそこそこ。でも今回は他に先駆けての討伐で珍しい素材が入るし、潤うかな？

「討伐に参加したのはディーンとクリスか」

「だな。この街の冒険者ではハイクラスだから、参加しないわけにもいかねぇだろ。ディーンは性格的にサボるかと思ったけど、ギルドに借りがあるみたいだし」

会社勤めではないし、活動は個人の自由だ。ギルドにべったりな冒険者もいれば、貴族や大商人のお抱えもいる。ディーンのように、ギルドをはじめ組織や人に借りがあって動く者も。

ただしどの冒険者も、定期的に素材の納品をしたり、依頼はこなす。そのノルマさえクリアしていれば、ギルドにちょっと従わないぐらいで冒険者の身分を取り上げられることはない。

ただあんまり逆らってばかりいるとランクを下げられるけどね！

「俺はこれから商人の護衛、アッシュはさっき熊狩りに行ったぜ」

「ああ、近所なんで知ってる」

俺が借家の窓を開けて、朝の空気の入れ替えをしてた時に出かけていった。

「近所なのか。ああ、そういえば、家か部屋の出物があったら教えてくれ」

「引っ越すのか？」

市壁の中にひしめくように人が住んでいるので、２階だけとかマンションみたいな売り方もされている。そっちは「部屋」と呼ばれている。

水汲み作業があるお陰で、一番人気は2階で、上に行くほど不人気。使用人がいる金持ちクラスの居住区は別だけど。1階は店舗になってることが多い。

「ディーンに触発されたわけじゃないけど、銀ランクに上がってようやく家を買えるようになったんでな。せっかくなんで検討してる」

土地家屋の売買条件を、こつこつ正規の方法でクリアしたレッツェが眩《まぶ》しい!!


翌日、裏口に扉をつけるのをレッツェに手伝ってもらうことになった。

「いいかな?」

金槌《かなづち》で石壁をコンコンすると、反対側からも音が返ってきた。それを確認して、真ん中に蹴りを入れる。

「おっと」

ごとっと音を立てて壁がずれ、反対側にいたレッツェが声を上げる。

「お前これ、壁、よくこんな綺麗に抜けたな」

「昨日、ガリガリ頑張ったし」

モルタルみたいなのを削り取る地味な作業は、昨日済ませた。身体強化で力があるし、道具

もオオトカゲのツノだったりするので、カルメ焼きを削ってるみたいな感覚だったけど。

人通りが少ないとはいえ、今回は道から丸見えな作業なので、短時間で終わらせたくってレッツェに手伝ってもらっている。抜いた石壁につけた印を頼りに楔《くさび》をいくつか打ち込んで、ごんごんと順番に叩いて石を割る。少しずつ慎重に。

「よろしく」

「おうよ」

割りとった石をレッツェに渡すと、器用にモルタルをつけて、壁に戻してくっつける。

壁を抜いた箇所は、石が互い違いに積まれていたからデコボコがある。俺が石を割り、レッツェが真っ直ぐになるように板を当てて、確認しながら壁に嵌めてゆく。これで、扉よりも一回り大きな長方形の穴ができた。

「ちょっと支えててくれ」

扉用の木枠をレッツェに持ってもらって、長方形の穴との隙間をモルタルで埋める。固まったら扉用の金具を木枠と石に固定して、扉をつけて出来上がりだ。

「お前もアッシュも一軒家ってすごいな。貸し部屋とかはしねぇの？」

通常、都市に出てきた者は、屋根裏部屋とか3階以上の狭い部屋に間借りすることが多い。部屋は狭くほぼ寝るためだけで、井戸などは共用で食事は露店に頼る。一軒家を借りたとしても、使わない部屋は普通は又貸しして、空き部屋のまま遊ばせておくことはない。

井戸から汲み上げた水を、お互いにかけ合って手を洗う。2、3回は楽しいけど、風呂やら何やら、毎回汲み上げるのは面倒だ。

「俺は薬も作ってるしな。井戸の共有は避けたい」

知られたくないことも多いし、人がいるとつい手を出して世話をしたくなる。自由でいたいのに、自分の性格がちょっと面倒だ。

「レッツェはどんな家がいいんだ？」

「俺は買うなら店舗付きの3階建てで、3階と屋根裏は貸し出しかな」

「店舗で何をするんだ？」

竈に火を入れて湯を沸かす。裏口が丸空きなので、扉をつけるまで台所から動けない。レッツェも台所というか、台所の入り口の廊下に椅子を置いて座っている。

「それは奥さん次第」

レッツェがワインを飲みながら答える。

「結婚してたのか？」

「いいや、相手もまだだな。このワイン美味いな」

『食料庫』から持って来たやつです。俺は飲んでないから味は知らないんだなこれが。

こっちの世界、家を持ってから結婚するパターンが断然多い。家を持たずに——独り立ちできてない状態では、子供を育てられるほどの余裕がないからだ。金銭面はともかく、ダイレクトに食料的に。

なので、金持ちは男女共に早婚。都市の男は30から40、女は15から32くらいで結婚し、農村では結婚できればいい方という、世知辛い状態だ。ただ、耕せばその分食料が得られる農村では、結婚はしなくても、子供が生まれるのは男の子なら大歓迎らしい。しかし完全に労働力としてで、家長のもとで孫だろうが人権の怪しい扱いを受けるので、見てるときつい。

だから結婚するには独立をして、家族を養う地盤固めが必須な感じ。

逆に家を持つと、嫁の取り放題なんだなこれが。若いお嫁さんを選ぶ男が多くて、女性の婚期に幅があるのはそのせいだ。

女性の方も、手に職を持っていると自分で選ぶ幅が広くなるし、婚期が遅れてもいいなら家を買って婿の取り放題。結構、都市には独立した女性が多い。

ただ、子供を望むなら、出産する関係で体力があるうちに。あまり医療体制に期待できないので文字通り命がけなのだ。女性は大変だな～と思いつつ、「アステカ式陣痛緩和《かんわ》法」っぽいものが採用されてたら嫌だなと変な想像をする俺。

「誰か好きな人とかいるのか？」

恋バナですよ、恋バナ。

「いねぇな。そんな暇があるなら仕事の準備に回すみたいな生活してたし」

終了だった。

沸騰した湯に塩を放り込んで、パスタを茹でる。オリーブオイルでニンニクと唐辛子を炒め、香りが引き立ってきたらアンチョビを投入して、潰しながらソテー。

ドライトマトとケッパーを追加、パスタの茹で汁を加えて軽く煮詰める。オリーブの輪切り、瓶詰めにしてあったトマトソース、ドライオレガノ。パスタと和《あ》えながら塩を加えて、味を整えて出来上がり。

「相変わらず美味いな。酸味はなんだ？」

「トマトとケッパー、オリーブもかな？」

机がないまま行儀悪く皿を抱えて食う、俺とレッツェ。俺に至っては立ったままだ。

「トマトがなんだかわからんけど、しょっぱくって辛くってちょうどいい」

……。トマトが出回ってなかったですね、そういえば。この時期、生じゃなくて、ちゃんと保存食使うぜ！　って思ってたよ。それ以前の問題だった。

「レッツェ、何も言わずに正体不明なもの食うなよ」

「ジーンが作ってるんだから大丈夫だろ」

軽く返されてちょっと嬉しくなる。

「ジーンは何か困ったこととかねぇの？　扉支える以外に」

ちらっと、壁に立てかけてある扉に視線をやりながら聞いてくる。

「俺？　金ランクと取り巻きが面倒くさそうだと思うくらい？」

「パーティーに入りたくないなら、精霊が見えるのがバレたら厄介そうだな」

ん？

――なんで見えることを知っている？

「クリスが名前を呼ばない奴は、見えるんだよ。本人も周りも気づいてないけどな」

俺の視線に肩をすくめて笑うレッツェ。

「マジか……」

「面倒がらずにちゃんと名前で呼ぶようクリスに頼めよ。あいつ、見てくれも言動もあれだけどいい奴だぞ」

「いい人っぽいのは分かったんだけどな……」

貴族に積極的に関わるのも、単にディーンが嫌がってるから代わってやってるだけっぽいのを知ったし。

ただ純粋にうるさいからちょっと引いてるだけだ。

「金《れん》ランク《ちゅう》のことは俺もちょっと気をつける。まあ、たまには人に頼れよ。ご馳走《ちそう》さん」

その後、また手伝ってもらって、扉を取りつけて終了。最初の約束だから今回は受け取るけど、街中のことなら次回から依頼料はいらない、と言われてしまった。

選んだ扉は、樫《かし》の分厚い板に黒い鉄の飾り蝶番《ちょうつがい》などの装飾がついた頑丈なもの。鉄格子もつけるつもりだったけど、これだけでいいかな。

それにしても、レッツェから見たら俺は子供なんだろうな。知らないことも気づかないことも多すぎる。アッシュにも理由は告げず、クリスに名前で呼ぶことを促すように伝えておく。

執事は執事と呼ばれてるんでいいだろう、俺も心の中では執事呼びだ。格好と所作《しょさ》が執事なんだからしょうがない。

野性の勘の男、クリス。本人に自覚がないのがタチ悪いな、これ、理由を告げて名前で呼んでもらったら、俺が精霊を見ることができるのをバラすことになるし。かといって俺の方ばかりが秘密を知っているというのも……。

いや、本人が気づいてないってことは、秘密ではないのか。レッツェ、俺にどうしろと!?

――ああ、なんか悩め、悩めと笑ってる気がする。

クリスが名前で呼ばない相手は精霊が見える――その傾向があるっぽいんでカマかけした、と。これでクリスの能力も確定したって、あとで笑われた。完全にレッツェの手のひらの上、人生経験の差か。伊達《だて》に髭を生やしてるわけじゃないな。

クリスが戻ってくるまで時間があるので、悩みは棚上げ。畑の手入れをしつつ、城塞都市から森に入るルート上の精霊に名付けて、図書館でサボったり、リシュと遊んだり。

借家の方よりちょっとかかったけど、その間に『灰狐の背』通りの家が正式に俺のものになった。下水工事の予約も伝手《つて》というか、家の構造を最初に説明した店に頼んで早めにやってもらえることになったので、リフォームを考えないと。

まず人に貸し出すかどうか。このぎゅうぎゅうに人の詰まっている街で空き家は目立つので、貸し出せるなら貸し出した方がいい。これは、商業ギルドで不動産屋的な人を紹介してもらって、俺が大家ってわからないようにすれば問題ない。

あとは貸し出す対象だけど、在宅仕事は見られるから1階の作業場は潰す方向かな。裏口をつけたから路地を通る必要はなくなったけど、念のため。——立地といい、冒険者ホイホイだなあ。

とりあえず、ローザたち金ランクが移動するまでゆっくりやろう。

城塞都市から出た冒険者たちは、もう森の奥で狩りを始めていた。カヌムのギルドから連絡を受け、調査をすっ飛ばして討伐隊を募ったようだ。城の兵も分隊が参加しているようで、冒険者と二手に分かれている。

城塞都市の方が発展してるけど、領主の権力が大きく兵も多いので、不審者の自覚のある俺としてはあまり長居したくない場所。用意された身分である自由騎士として入るのは、領主に挨拶とか面倒なことしなくちゃいけないみたいだし。

一応領地持ちの一国一城の主《あるじ》なんだよな、俺。領民いないけど。領民の代わりに周辺をうろついてる精霊が育《でかくな》ってるような気が……。リシュは仔犬のままなのは、なぜだ。

考え事をしながら【探索】を使って討伐隊を探している。城塞から森へは太い川が続いている、カヌムを流れる川の本流だ。川を遡《さかのぼ》ってるんだろうと思っていたが、川の周りに森がないんだなこれが。

船で運べるし、川の周辺から伐採しますよね、わかります。昔はあの城塞が森を切り開く時の最前線だったのかもしれないが、今はちょっと森から離れている。元は森の中だったんだろうけど。

でかいフクロウが急降下して襲ってくるのを斬り払い、気配を頼りに森を進む。方向はわかるのだが木が密集していたり、段差があったりで最短距離というわけにはいかず、迂回しながら走る。

【転移】してしまいたいが、魔物が密集し始めている。討伐隊は明らかに、狩りに行って狩られる側になっている気配。

木の根や崩れる岩、滑る草。思うように進めず急く心。

二本ツノの灰狼多数、三本ツノの穴熊5匹、フクロウ、コウモリ——これ、氾濫起こしかけてるんじゃないか？　仲間を殺されても俺の方を見向きもせずに同じ方向に走る魔物たち。

先頭は何だ？

真っ黒い熊、その先に6人の人の気配。不明瞭な叫びと怒号、金属音、立ち上がって吼《ほ》え、腕を振りかぶる熊。

その熊を唐竹割《からたけわ》りに真っ二つに斬る。後ろから失礼。

脳天から左右に分かれてどすんと地面に倒れた熊の先に、鎧がえぐれてあちこちへこみ、支え合っている一団。格好が揃っているので、明らかに分隊の方だろう。

熊が倒れると、一直線にこちらに向かっていた気配が急に勢いを失い、分散する。何匹かこちらに向かってくるものもあるが、明らかに進む方向を失っている。

城塞都市は兵も冒険者も多いくせに、調査隊を出す頻度がカヌムより少ないそうで、冒険者ギルドのカイナさんが心配していたのを思い出す。

本来なら城塞都市の方から氾濫の兆候の連絡が来てもいいくらいなのだが、分厚い壁と兵に守られているためか、最近どうにも森の魔物に対して緩いらしい。ちょっと距離もあるしね。

「慢心《まんしん》はしないことだな」

刀を納め、傷が酷そうな2人に【治癒】をかける。1人は血だまりの中で地面に倒れ、1人は胸を鎧ごと引き裂かれている。鎧が紙のようだ、熊怖い。

「あ……あ……っ」

「何者……、いや礼を」

「班長殿ぉっ！　しっかり!!」

「うぉおお！　班長おおおおっ!!」

「俺は、俺は……っ！　不甲斐《ふがい》ないばっかりにいいいいいい」

……。

【転移】で帰りました。

走り回ったのに、フードが落ちたり、裾がめくれたりしないよう、必死で頑張ってくれた精霊たちに礼を言い、それぞれの好物を振る舞って本日のミッションは終了。

◆◇◆◇◆

ルフのふりをして姿を現す次の場所は、まだ行ったことのない土地。

海の北に黒々とそびえる山々。人の住む北限のこの地も、半分は岩の黒と雪の白の世界だ。そうでない場所も荒涼としていて、申しわけ程度の草が生えているような土地。昼の日の光は弱く、白夜《びゃくや》がある。

北の黒山のそばにあるこの国は、日の光よりも星々の光を信仰する船乗りの地だ。他の国々と交易はしているが、ナルアディードのように遠くから珍しいものを運んで高く売る海運で発達したわけではなく、本領は狩りだ。

幅の細い速い船でクジラやセイウチなどを狩り、その肉と牙や骨などを売るのを生業《なりわい》としている国——実際は一族や家族単位で行動しているのだが、便宜上国と呼ぶ。

交易に特化した一族が住む島があり、外の国の者たちとはそこで取引することが多い。約定した航路を辿《たど》らないと、取引相手の人々が途端に海賊に変わるので注意が必要だ。まあ、商人や海軍が海賊に変わるのは、北の人々に限ったことじゃないんだが。

珍しい物も多いし、ちょっと見てみたいのだが後回し。黒ローブ姿で印象づけるのと同時期に、俺が同じ街にいたら意味がない。いや、でも戦闘しなくても黒ローブで買い物すればいいかな？

こちらの人は分厚い布や皮に特徴的な模様を刺繍《ししゅう》しているし、裕福な層は毛皮を羽織っている。要するに俺の格好は浮きまくっている。ここに来るまでにこの格好を見せまくってるので、ただの買い物でも聞き込みをしてくれたら一発で話題に上がること請け合いだ。

北の黒山の魔物は海を隔てているので放置されている。時々強烈なのが来るらしいけど、北の人々は黒山はそういう場所であり、人が手を出してはいけないと思っている節がある。

海の魔物は、船のない俺にどうこうするのは難しい、船があっても難しいけど。

そして海にあふれてきた魔物を、獲物だ、豊漁だと喜んで狩る戦闘民族なんですよ、ここの人たち。出番ないね！


そういうわけでお買い物に変更。

セイウチの牙、クジラの油やヒゲは高値で売買される。優れた金属細工師が多いのか、髪留めや帯留め、マントを留めるブローチなどの金細工銀細工が素晴らしい。いくつもの銀の腕輪は、通貨にもなるのだという。

そして海産物ですよ、海産物。鮭にムール貝、海老、蟹《かに》、鱈《たら》。塩漬けにし、乾燥させた鱈もたくさん扱っている。

さすがにこの格好で大量に買うつもりはない、鮭を1匹だけだ。あとコケモモのジャムを1瓶、見たことのない黒いパンを2つ。

バターの焦げるいい匂いに誘われて、焼かれていた丸い物体を購入。【鑑定】結果は鱈の白身をベースにした料理で、食感ははんぺんをちょっと固くしたような不思議な感じ。

鉄製品も多いな。

市場を移動すると、剣や盾、チェインメイルなどが売られる一角があった。ああ、アッシュにもらった魔鉄を扱う鍛冶屋を見つけないと。

次回に紛れて買い物をするために、こちらのマントや靴を一式。体型も違うし頭蓋骨《ずがいこつ》の形も違うので、服を変えたくらいじゃ同じ人種には見てもらえないけど、どこからか流れてきて近くに住んでる奴くらいには思ってくれるだろう。何人かそういう人も見かけるし。

こっちの男性は髭を生やし、筋骨隆々すぎてずんぐりした体型に見える。女性も下手をしなくても俺より筋肉が……。厚着していてもわかるところがすごい。

【言語】がついてて本当によかったと思いながら、買い物終了。

南は竜がぶんぶん飛んでて人間の出番はない。西の滅びの国からの魔物は、勇者が3人いるんだから自分らで何とかするだろう。

北の精霊にも名付けを乞《こ》われ、せっせと作業。

黒山には、地中の奥深くに眠る鉱床から、精霊や妖物《ようぶつ》が宝石を運んできては溜め込む場所が多くあるそうで、一攫千金《いっかくせんきん》を狙って船で向かう若者も毎年1人2人出るらしい。ちょっと浪漫だよね。

魔法を使う魔獣や妖物が出るそうで、ちょっと戦うのは怖いので、助けてくれる精霊を増やしてから行ってみようと思っている。

妖物というのは、力の弱い精霊が憑いた人や獣の末路だったり、魔物の一種だったり、精霊だけど積極的に人間にいたずらをするヤツだったりと、人間に都合の悪い魔法を使う存在をまとめてそう呼んでいるようで定義が曖昧《あいまい》なんだけど。


家に戻って風呂に入る。北の大地で冷えるのはわかりきっていたので、精霊の名付けを始める前に抜かりなく風呂の準備に一度戻っている。湯に浸かると痺れるような感覚がして体がほぐれてゆくのがわかる。北国は夏に行こう、夏に。

一通りローザたちを誘導するための行動は済ませた。あとはそろそろ戻ってくる彼女らが噂を拾うのを待つだけだ。

金ランクがあまり早くいなくなるというのも討伐的には困るのかな？　いや、俺がこの辺の黒いのはだいぶ捕まえてるので、他よりは大丈夫なはずだ。

それにしてもそろそろ髪を切りたいのだが、風呂屋がやってる床屋は嫌なんだよな。アッシュはどうしてるんだろう？　――執事が切ってそうだな。

長湯して、風呂上がりに牛乳。

リシュを撫で回して構い倒したあとはコーヒーと読書。読む本が尽きる心配がないのは嬉しい。物語は少ないけれど、新しいことを知るのは楽しい。活字ならなんでもいいともいう。

今読んでいるのは精霊に好まれる様々なものの本。同じ人に精霊が2匹以上憑いている場合は、同じ理由でそばにいることが多い、とか。

じゃあ、ディーンの肩のあたりをちょろちょろしてた火トカゲみたいなのも、脇の匂いフェチだろうか……。


「ばっさりお願いします」

「――できかねます」

執事に髪切りを頼んだら断られた！

「髪を売るくらいなら金貸そうか？」

レッツェが言う。

「金はある。なんで髪を売る話に？」

「金がなくて、自慢の髪を売るパターンかと思って」

肩をすくめるレッツェ。

「ジーンの髪は綺麗だ」

アッシュが言う。

髪は普通だろ、と答えようとして思いとどまる。何の手入れもしていないが、髪を洗う水が違う。こっちの硬水で洗っていたら、手入れをしないとバリバリだろうけれど、確かにその辺の住人よりは艶がある気がしないでもない。

「単に洗うのが面倒になってきただけだ」

大体カツラを作れるほど切ったら坊主になる。

「貴族じゃ伸ばすのが流行ってるし、そのまま伸ばしたらどうだ？」

「面倒だ」

レッツェが勧めてくるが、面倒なものは面倒なのだ。いっそもう自分で刈り上げようか。

「じゃあ、あとで俺が切ってやるから、自分で切ったり坊主にしたりするなよ？」

レッツェが俺の行動を読んでくるんですが……。付き合い短いよね？　俺はそんなに底が浅いんだろうか。

「そのうち使用人を雇われては……」

髪を洗って乾かすためだけにか、執事よ。

討伐隊が帰ってきて、ギルドで報告中。ディーンとクリスの無事を祝って飲むと誘われ、牛パーティーをした店に4人集まって、主役の2人が来るのを待ってる。その間の雑談だ。

レッツェはともかく、俺やアッシュは付き合いが短いんだが……。クリスはよくわからないけど、ディーンは友達が多そうなのに、俺たちが誘われるのはちょっと不思議だ。まさか、妹関係で友達なくしたとかそういう……？

「いた、いた」

ディーンが店にどかどかと入ってくる。

「おお、久しぶりの友よ！」

ディーンとクリスって、騒がしさの方向が違うけどどっちも賑やかだな。

「ねぇちゃん、ワインを樽で！」

席に座り切らないまま、店員に酒を頼むディーン。

お帰りとお疲れ様で、無事を祝って乾杯。どうも木のカップというのがワインと合わない気がしてしょうがないけど。

「アメデオ様たちはいかがでした？」

執事が話題を振る。

「3人はさすが金ランクって感じかな。アメデオの身体能力はさすがだし、他の2人とよく噛み合ってる」

「正直、精霊武器は羨ましいね。私もいつかは愛されたいよ！」

「すごいぼっち宣言に聞こえるんだが……」

「精霊武器は手に入れても武器に好かれねぇと、ただの鈍《なまくら》だからな。ちゃんと能力を発揮できることを『精霊武器に愛される』って言うんだよ」

変な顔をした俺にレッツェが説明してくれる。

——よし、帰ったら『斬全剣』の手入れをしよう。

「でもやっぱ、取り巻きはどうしようもないな。盲信《もうしん》って感じ」

「パーティー内で自分の地位を上げたいのもあるんだろうね」

行かなくてよかった。

「今回の収穫は、勇者が4人いて帝国が好き放題させているという情報だね。あの取り巻きの情報収集能力は馬鹿にできないよ」

「4人？」

どっから増えた！　巻き込まれが俺の他にもいるのか？　姉の召喚は俺より先に道路に出て事故にあったとかだったが、他にいてもおかしくはないのか。運転手とか。

神々は何も言ってなかったけど。ただ、あっちの世界から姉を喚んだ精霊——光の玉との契約や、喚ばれた者《ゆうしゃ》については、あんまり口出しできない雰囲気だった。姉たちが手に入れた能力についても、光の玉が口を滑らせたこと以外は教えてもらえなかったし。

「勇者は普通、いくら能力が突出してるっていっても、弱い魔法とか、祈りとか、穏やかな能力から始めて精霊を集めていくものなんだけど、4人してやりたい放題らしい」

嫌そうな顔で手をひらひらさせるディーン。

「精霊が見える者が西では少なくなったと聞くが……。諌める者はいなかったのかね？」

アッシュが怖い顔をして首を傾げる。圧が出てる圧が出てる。

こっちでも見える者は希少っぽいと言っていた気がするのだが、さらに少ないのか？

「そこまでは言ってなかったな」

酒を飲もうとしてカップが空なのに気づき、ワインの入った壺を手に取るディーン。

「前回は300年前でしたか。勇者やその周辺については不可解なことが多いですな」

執事が水差しのついた壺を奪い、ディーンに注ぐ。

「何にせよ、それで氾濫の危険が、ギルドの予想より年単位で早まってた」

そう言って、一気飲みのようにカップを傾けるディーン。

「去年の戦争で使われた大規模魔法も予想外だったしね。その前の調査ではなんの兆候もなかったと聞く。一気に来たようだよ、危なかったね」

クリス、胸に手を当てて目を閉じて憂《うれ》えるようなジェスチャー付き。

「何にせよ、今日は飲む！　ジーン、飲み比べだ！」

「なんで俺？」

ビシッとディーンに指を差された。

「お前が勝ったら『月楽館《げつらくかん》』に紹介してやる！　俺が勝ったら、なんか1個ジーンの恥ずかしい秘密でも聞かせろ！」

「おお、宵闇の君の秘密か！　私も乗るよ。私は負けたら『天上の至福《しふく》』に紹介しよう」

「お前ら、どっちも高級娼館《しょうかん》じゃねぇか」

レッツェがげんなりして言う。

「賭けはどうでもいいが、クリスはいい加減、俺を名前で呼べ」

ディーンとクリスの賭けたものは、どうやら高級娼館への紹介らしい。おそらく紹介がないと入れないクラス、ということだろう。

「私も名前で呼んでもらおう。ところで、そのクラスの娼館は、二所《ふたところ》に通うのは無粋《ぶすい》と言われるのではなかったかね？」

アッシュが首を傾げる。

いや待て。そこなのか、気になるところは？　お嬢様？

3時間後、机に突っ伏し、または椅子にもたれた3人。ディーンとクリス、なぜか巻き込まれたレッツェだ。執事は賭けには乗ってこなかったし、アッシュはマイペースに飲んでいる。

「ここに転がして帰るか」

俺は【治癒】のお陰でほろ酔い以上にはならないのだよ、ハッハッハッ。

「そうでございますね。――私が後始末をしてゆきますのでアッシュ様をお願いしても？」

「ああ、送ってゆこう」

アッシュを見れば、真っ直ぐ前を向いて手だけを動かし、他は微動だにせず一定のペースでカップを口に運んでいる。

「……もしかしてアッシュも酔ってるのか？」

「はい、お珍しいことに」

にっこり微笑んで肯定してくる執事。

これは俺が後始末に回った方がいいんじゃないのか？　執事？

この世界、酒場は大体宿屋を兼ねている。宿屋単体というのは珍しいのだが、カヌムは人の出入りが多いのでちゃんとした宿屋もある。

ちゃんとした宿屋の設備は、客用の部屋、パン焼き場、厩舎《きゅうしゃ》、倉庫、馬車を留めておく中庭、都市の外だと食肉処理場、醸造場も。快適さを求める金持ちは先触れを出し、場合によっては寝具やカーペットを持参する。

ちゃんとしてない宿屋は、客用にベッドを1つ用意しているだけで、他は何もない。なお、ちゃんとしてようがいなかろうが、ベッドに2人以上詰め込まれたり、入る人数だけ床に転がされるのもデフォ。

宿屋の何が嫌かって、ノミとかシラミ、南京虫《なんきんむし》が普通にいるところ。そんな宿屋の1室に3人を詰め込んで帰るんだけどね。討伐隊が戻ってきたせいで、今日はどこの宿屋も混んでそうだけど、どうやら執事かレッツェが酒盛りの前に押さえていたようだ。

討伐隊の派遣が決定した時、逃げ出せる者は西の街や村に避難し、多少危険でも有利な商売をしようという人は入ってきた。2回目の討伐では、避難から戻ってきた人も商売で来る人も共に多く、冒険者以外の人が増えた。

騒がしいし、治安がちょっと悪くなったけど、水回りと鞄の宣伝にはなっている模様。

アッシュと2人きりになったのは執事が3人を部屋に連れていった時だけだったので、特にどうということはなく——執事にからかわれた気がした。

穏やかな笑みを浮かべているか無表情か、正しく情報を伝達するために表情を添えるような執事なんで、始終ただの笑顔だったけど。

「アッシュ、歩けるか?」

「問題ない」

無表情で短く明瞭に答えてくるけど、明らかに酩酊《めいてい》状態。歩けるかって聞かれて歩き出すのやめろ。それで壁で止まるのもどうかと思う。

壁に向かって直立不動のアッシュを誘導して、酒場から出る。執事、扉を開けて待っててくれるのはいいけど、役割を代わる気はないのか？

大通りにはまだ人の姿がちらほらあったが、アッシュの顔を見てそっと避ける人がですね……。完全に目が座ってるから。

放っておくとどこまでも真っ直ぐ歩いてゆこうとするアッシュを、肘のあたりに手を添えて誘導しつつ『灰狐の背』通りまで来た。真っ直ぐ歩いてたのに、途中から俺の方に斜めになってきたのでだいぶ酒が回っている様子。執事は後ろで空気状態。

「ジーン」

「何だ？」

「うむ」

うむじゃない、うむじゃないだろう!?

「ジーン」

「うん」

「……娼館」

「何だ？」

「うむ」

酔っ払いとの会話が続かないんですが。

「ジーン」

「うん」

「……髪」

「髪？」

いつもより随分近い場所にあるアッシュの顔を見る。目が合った。

「うむ」

いや、アッシュの目の焦点が定まっていない。さっきより酒が回ったのか、座っていた目がちょっとうるんでる。白い肌に赤い目元は、さすがに色っぽく見える。少し顔つきが丸くなった気がする。肩も細くなった？　あと「うむ」じゃない。

「アッシュ」

「うむ」

「人前で泥酔するのは危ないからやめろ」

「うむ」

アッシュたちが家に入ったのを見届けて、自分も家に帰る。お茶漬け食べよう、お茶漬け。

いや、鯛茶漬けにしよう。

鯛は3枚に下ろし、脂の乗った皮目を炙《あぶ》って氷水へ、引き上げてよく水気を取る。半身を残して【収納】、あとでアラ汁とか刺身にして食べよう。本当はアラで出汁を取りたいところだけど本日はあまり時間をかけたくない。

昆布とたっぷりの鰹節で出汁、ご飯は【収納】から出す。お茶漬けには黒い器がよく合う。白いご飯にピンク色の鯛を並べてゴマをたっぷり。大葉の千切りの緑を散らす。金色をしている出汁をたっぷりかけていただきます。

ああ幸せ。お茶漬けは飲み物だな。

あれだな、お茶漬け用の塩鮭と梅干し、明太子のストックを作ろう。出汁茶漬け用の準備も。

あとラーメン。


翌日、ものすごく怖い顔をしたアッシュに昨夜の泥酔を謝罪された。

「食事は？　食べられるようならパンでも焼くけど」

二日酔いっぽいけど、蜆《しじみ》の味噌汁とか、お茶漬けとかが出せないのが辛いところ。他は何が効くんだっけかな？　ショウガとレモンあたりか。ああ、あれでいいか。

小瓶を取り出してカップに注ぐ。中身は皮を剥いて刻んだ新鮮なショウガ、ライムとレモンと砂糖を煮たシロップだ。そこにお湯を注いで溶かす。炭酸水を入れてジンジャーエールにするつもりで作っておいたものだけど。

「いや、胃が少々……」

パンは断られたが、カップを渡す。

「む、辛い――甘い？」

「ショウガと柑橘のシロップだな。胃が動くから、あとは多めに水分をとって大人しくしてろ」

具合が悪そうなアッシュを家に帰す、来るのは本調子になってからでよかったのに。宿屋に詰めた3人はどうなってるだろう？　二日酔いには慣れてそうだし男は自己責任ということで。


翌日、死にそうな顔をしたアッシュが気になって、差し入れを持って家に顔を出す。

仔牛肉にパセリなどの香辛料を混ぜて作った白ソーセージ。とても傷みやすく、朝に作ったら昼の鐘が鳴る前に食べてしまう決まりがあるくらい。しかもナイフで縦に切れ込みを入れて、皮を剥いて食うという変わり種。

「今朝作ったんだけど、昼までに食べ切れないから」

言い訳しつつ、少し甘めのマスタードを添えて差し出す。

「ありがとう。――かえって心配をかけたようだ」

おっと、バレている。

「心配をかけた詫《わ》びに、約束をしていた『精霊の枝』に案内したいのだが、ジーンの都合はどうだろう？」

「昼食ってからなら。俺は特に急ぐ用事はないんで、今日じゃなくてもアッシュに合わせる」

そういうわけで、昼を食ったあとにアッシュと出かけることになった。あれ？　昼も一緒にするべきだったか？　でも俺も白ソーセージを食わなきゃだしな。

――白ソーセージ、ふんわりしてこれはこれで美味しいけど、やっぱりソーセージはバリッと皮を楽しみたい俺です。

アッシュの家に再び迎えに行って、笑顔の執事に送り出されて街を歩く。なんかアッシュが一段と怖い顔をしているが、大丈夫、これはご機嫌な顔。頭の上に陣取ってるアズが嬉しそうにふくふくしてるので合ってるはず。

カヌムの『精霊の枝』は広場に面した一番目立つところにあり、これは大体どの都市でも一緒。実はここには1回、回復薬に使う水を買ってみようと来たことがある。

建物に入ると、その水を買うための場所があったり、ディーンの妹から精霊を引き剥がした部屋があったり、お仕事部屋が並ぶ。管理する人の住居もあるが、そっちには当然行かず、ホールを真っ直ぐ進んで中庭に出る。

中庭は精霊が憩《いこ》えるように、草木を植え、池に水が張られている。水が引ける都市では、流水が庭を巡っているらしい。山にある俺の家みたいだな。

「『精霊の枝』は、正しくは、『王の枝』から賜《たまわ》った枝のこと。その枝を置く場所をそのまま『精霊の枝』と呼んでいる」

枝から枝？　聞き返したいけど、こっちでは常識っぽいから言葉を挟まず大人しく聞く。『精霊の枝』については一度調べたんだけど、精霊そのものや世界の歴史っぽいものを先に調べようと、まだ深く読み込んでいない。

「ただ、アジールは『王の枝』を持たず、カヌムの枝は擬似的《ぎじてき》なものだ」

アジールというのはカヌムが属する国の名前、そして枝は偽物っぽい。

「……『王の枝』は、精霊樹、精霊の大樹などと呼ばれる聖なる木に、苦難の末に辿り着いた者が、国の根幹となる誓いを成し、下げ渡された枝のこと。よい精霊が集い、悪しき精霊や魔物を避ける枝だ」

俺がピンと来ない顔をしていたせいか、アッシュが簡単に説明してくれる。

後半だけは調べて知ってたけど、物知らずがバレている。だが、アッシュは特に突っ込んでくることもなく、普通。そういえば王都で初めて会った時に、『精霊の枝』のこと自体知らなかったのがバレていたんだった。

『精霊の枝』は『王の枝』より薄いが、同じ効果がある。精霊樹に辿り着くことも、成した誓いを守ることも難しい。誓いを破れば『王の枝』も『精霊の枝』も消えてなくなる。シュルムトゥス、パスツール、マリナ。『王の枝』を無事受け継いでいるのは、この3国だけだ」

姉のいる国と、ナルアディードのある国か。パスツールは知らないかな？

「偽物の枝でも効果はあるのか？」

「うむ。擬似的な枝に魔力を捧げ、魔石を使い、多大な苦労をして、精霊にとって居心地のよい魔力の地場《じば》を作っている。この枝を作る技術を持つのは神殿だが、癖のある神殿もあって一筋縄ではゆかぬ」

中庭にはたくさんの綺麗な水盆があり、そこに職員が魔石をぽちゃんと落としてゆく。この水盆で精霊が水浴びをし、その水が回復薬の素材などになる。あれだ、ゲームで言うところの聖水みたいなものだ。

「なかなか大変そうだな。枝なしに、魔力だけで喚べないのか？」

あの水盆に落とした魔石で、どのくらいの間、精霊を呼べるんだろう？　俺は大量に魔物を狩っているから結構持ってるけど、全ての魔物に魔石があるわけではないし、結構お高い。

「寄ってきた精霊に魔力を捧げた者の力や、魔石の属性がどうしても影響する。擬似的な枝はその影響を消して、薄く広く魔力を漂わせる効果がある。弱くとも、都市にいる精霊の種類が多いほど、人の生活は安定すると言われている」

「へえ」

魔石が落とされた水盆を、小さな精霊が早速覗き込んでいる。アッシュと2人で、足を止めて精霊の様子を眺める。

「夜は水盆の代わりに火を灯す。燃えさしは鍛治に使うと加工がしやすく、灰は大地に撒《ま》けば実りがよくなる」

「夜の『精霊の枝』も見てみたいな」

「うむ、よければまた案内しよう」

アッシュと新しい約束をして、家に戻る。デートと言えなくもない？　相手は女性に見えない上に怖い顔をしているけど。でも、眉間に縦皺がない緩んだ顔は美人さんなんだよな。

冬の間に剪定《せんてい》した枝が乾いたので、焚き火をしながら畑の手入れ。燃えさかる火が弱まって、熾火《おきび》になったら放り込むつもりのサツマイモが待機中。

畑も順調、エンドウ豆が花を咲かせている。若いうちに莢《さや》を食べるサヤエンドウ、さらに育ててグリンピース。スナップエンドウも少し、アカエンドウは蜜豆用。

『食料庫』から出したエンドウ豆とこっちのエンドウ豆を見ると、こっちのエンドウ豆はもさもさと伸びがすごい。1株につく花の数は食料庫の豆の方が多いけど、生命力がすごい。

エンドウ豆って自家受粉なんだけど、精霊が興味深そうに両方の花にちょろちょろしていたので、交配を期待して放っておく。

この世界の野菜の種類をもっと増やして食事を豊かにしたいんだけど、『食料庫』の食材の野菜はこの山でしか育たない。こっちの野菜と交配した野菜ならどうかな？　と。でも、雄《お》しべを切って他の花から人工授粉させる細かい作業はできる気がしない……っ！

畑に現れる小さな精霊は、この野菜の精霊なんだろうな～とわかるような特徴がある。キャベツっぽいパンツを履いてるやつとか、豆の花の形のドレス……が本体っぽいやつとか、イタリアンパセリの葉を生やした丸い物体。

人間が祈りや怖れという名の魔力を捧げるもんで、人型や身近な脅威――狼とか竜とか――の形をした精霊は力をつけやすい。神と呼ばれるほど強い精霊は大体その通りの姿をしてるんだけど、小さい精霊の姿は様々でなかなかカオス。

なお、『食料庫』の野菜から精霊は生まれない模様。もともと神々の力で作ったものだからな。何か強い執着があれば力から分化することがあるらしいけど、俺は美味しく食べられればそれでいいので、力を持つ機会はなさそうだ。

精霊がいると、野菜の色が一段濃くなるような気がする。鮮やかでみずみずしい緑、葉の先までピンと伸びた美しい形。

茄子《なす》、ジャガイモ、トマト、ネギ、唐辛子……。春先に植える野菜もちょっとずつ植えた。収穫はエシャロット、キャベツ、菜の花、玉ねぎとか——順調、順調。

俺の掘り起こした玉ねぎをふんふんと嗅ぐリシュ。

「リシュ、犬は食べると玉ねぎ病になるから——」

「リシュは犬ではない」

ルゥーディルが現れた！

かつての主人とか言ってたけど、今でもリシュのこと大好きだよな？　仔犬の姿に色々思うことがありそうだけど。

「おやおや、いい野菜だねぇ」

パルがいつの間にか畑の真ん中で野菜を見て回っている。パルが歩いたあとの野菜がさらにぱつんぱつんに元気になる。

イシュが水やりをしているのも見える。来た早々ありがとうございます。

精霊の姿は見かけるものの、俺の畑にここまでファンタジーな変化はなかったんだが、３人が現れると途端にファンタジーなことに。まだ実るはずのない苺が白い花を咲かせたかと思ったら、真っ赤な実がぷくぷくと。

玉ねぎを収穫したあとの柔らかい土を、リシュが掘って遊んでいる。隣にずっとルゥーディルが立ってるんだが、何をしているのか。もしや後ろに控えている家臣系？

俺は途中で作業をやめて、サラダの準備。エシャロットと白ワインビネガーのドレッシング、レタスと間引いたベビーリーフのサラダ。焼いた玉ねぎ、デザートは苺。

苺のいくつかは表面のボコボコが消えて、日本の苺に近いものができた。完熟させて種にして、来年はもっと俺の知ってる苺っぽくなるように頑張ろう。

「サラダをどうぞ。お試しだから少量ですが」

執着や興味がないと、味がしないらしいからな。

ワインとパンと塩を用意し、他にサラダをちょっとずつ、苺を1つずつ。パルとイシュは野菜と苺に味を感じた様子。よし、野菜料理、解禁ぽい！

――ルゥーディルは玉ねぎの味を感じたようだ……。

5章　屋根裏部屋と転入転出

『灰狐の背』通りに買った家の、下水周りの工事が完了した。そこでとりあえず、壁と床と屋根を直すことにする。

「いや、街中のことならタダで手伝うって、確かに言ったけどよ」

ぶつぶつ言いながら、俺が石を入れ替えた壁に漆喰を塗っているレッツェ。

「はっはっはっ！　1人でガリガリやるのさすがに飽きた」

2軒目だしな。

「お前なぁ」

話しながらも器用に壁を塗るレッツェ。

「手間をかける」

「申し訳ございません、レッツェ様」

同じく壁を塗っているアッシュと執事。

ここの大家《かんり》はアッシュ、というか執事に振った。商業ギルドで毎回間に入ってもらうのは面倒だったので。執事ならアッシュのことを心配して入居者を吟味するだろうし。

報酬は俺に入る賃料の10分の1と、いざという時の家の使用権。公爵家を乗っ取った弟がアッシュを亡き者にするのを諦めていなかった場合の用心だ。

国境を越えてくるような輩《やから》を雇うほどかはわからないけれど、自国内では何度も狙われたらしい。執事が気配を消したのもあって、国を出てからはまだ一度も狙われてないそうだけど。

「ちゃんと金は相場を払うよ、結構これ重労働だし」

上の方を塗るのはだいぶきつい。

「レッツェ様もお住みになりませんか？　設備的に見ると破格の賃料になると思いますよ」

執事の勧誘1号はレッツェだった、さすが執事。

「レッツェは家を買ってお嫁さん募集するらしいぞ？」

「おや、それは」

「いや、嫁はまだいいんだけどさ」

視線を彷徨《さまよ》わせるレッツェ。

「家を買うと嫁を募集するのか……」

アッシュ、それは大きな誤解が。

壁を任せて屋根に上がると、オレンジっぽい屋根瓦がところどころ割れている。瓦の色はどの家もほとんど一緒。同じ土からというのもあるけど、素焼きっぽいままだから。赤い色の元は土中の酸化鉄で、燃料の薪が少なくて済む酸化焼成だと赤いベンガラのまま。赤からオレンジ、ちょっと茶色がかったやつまで、街によって少しずつ違うけど、大体素焼き。

日本より雨が少ないから助かってるけど、割れてなくても雨漏りがですね……。素焼きは水が染みる！

割れてるのは煙突掃除で屋根に上がるからかな？　煙突掃除をするのは子供がほとんどで体は軽いけど、やっぱり割れる。素焼きは脆《もろ》いしね。

きっちり焼き締める還元焼成は、黒っぽい瓦になる。吸水率が低く、雨漏りしない瓦だ。釉《ゆう》薬《やく》を使った瓦は見かけない、なので金持ちの家の屋根はたいがい黒っぽい。

目立つのが嫌なので、俺のカヌムの家も赤い瓦のままにしてある。今のところ雨は垂れてくるまでではなく、染みてきたかな？　というのが2回くらい。数年に1回、精霊が荒れ狂って大嵐になることがあるって聞いて、ちょっとドキドキしている。

割れた瓦を取り除き、新しい瓦に替える。中庭の窓、外から見えなければガラスにするんだが、煙突掃除人には丸見えなので諦めている。中はいいけど、目立たないよう、外観はあまりいじらない方向。1階の石の床はともかく、2階、3階の木の床はだいぶくたびれているので、こっちも何カ所か張り直す予定だ。

貸し出し予定のこの家は、カヌムで手に入るもので修繕している。木材は手に入りやすいんだけど、管理された木じゃないというか、角材にきっちり加工しないのこっち？　歪んだ柱や梁は、味があるけど。

「昼にしようか」

「おう！」

「楽しみだ」

「はい。ジーン様の料理は美味しゅうございますので」

声をかけると3人とも嬉しそうで、俺もちょっと浮かれる。執事がお茶を淹れてくれる間に準備。

本日はキノコとマカロニのグラタン。昨日のうちに仕込んでおいたのでチーズをたっぷりかけて、焦げ目をつけるために炭の位置を調整して窯に入れるだけ。適当な大きさに切ったフランスパンにガーリックバターを塗って、パセリを散らして焼く。ガーリックバターはオリーブオイル、ニンニク、無塩バターに塩。パンの塩味で塩の量を変えるので、無塩バターが正義。

皿を用意して、暖炉でコトコトと煮込んでいたポトフを盛っているうちに出来上がった。マカロニとキノコのグラタン、ガーリックトースト、ポトフ。デザートにシフォンケーキ。

精霊に対していただきます的な挨拶をして、食べ始める。さて、出来はどうだ？

「美味い」

「これはまた……」

「美味しい」

こっちの料理って、切って煮るか、焼くかみたいな感じなんで、美味いって言われるか、不味《まず》いって言われるか、どっちかな気がして毎度ドキドキする。

塩味とチーズ、ハーブの類はよく使われてるんでちょっと安心できるけど。キノコもこっちの人は好んで食べてるので鉄板かな。

今回使ったのはアミガサタケ。春を告げるキノコで喜ばれるけど、毒がある。よく加熱すれば美味しくて、クリームソースと合う。

シャグマアミガサタケとかいう似たキノコがあるのだが、こっちは致命的な猛毒がある。でも食うらしい。有毒成分は揮発《きはつ》性なので、長時間煮沸《しゃふつ》して毒を取り除くらしいが、湯気で中毒を起こして倒れる人も出るので換気必須だそうだ。

フグとか、毒のあるものを食べる日本人の食い物への情熱ってすごいって思ってたけど、こっちの世界もなかなかだ。

みんなの反応を見てから食べ始める。うん、美味しいけど、作業で暑くなってたからここまで熱々の料理じゃなくてよかったな、ちょっと失敗。

「この上のとこがいいな」

「私は中のクリーミーなところが……」

「こちらのスープも美味しゅうございます」

ポトフはコンソメ作るのを頑張ったから褒めろ。取っても取っても終わらない灰汁《あく》の無限地獄。基本のスープだし、あらかじめ作っておこうと大量生産した結果だが。

ああでも、8つに切っただけで鍋に突っ込んだキャベツが柔らかくて甘い。深緑色をしたこっちのキャベツじゃなくて、日本のキャベツに近い――俺の畑産のキャベツだが、特に疑問は持たれていない様子。

「酒が欲しい」

「作業があるから却下」

ガーリックトーストを齧りながら漏らすレッツェに答える。アルコール度数の低いワインは食卓に出てるんだけどね、レッツェにとっては水代わりで酒ではないらしい。

「そういえば飲み会のあと、大丈夫だったか？」

結構寒いのに、宿の床に転がされて。

アッシュが挙動不審だけどスルーしておこう。絡み酒でもうるさかったわけでもないし、特に迷惑をかけられた覚えはないのだが、本人は気にしているようだ。ただ危ないから、外では泥酔しないように。

「まあ、雑魚寝《ざこね》も酔っ払いの相手も慣れてるからな。相手より先に酔っ払うのがコツだ」

ニヤリと笑って、ワインのカップを持ち上げるレッツェ。

そんなコツいらぬ。

金ランクパーティーは大所帯《おおじょたい》で、下位のメンバーは日銭を稼ぎたいのか狩りに頻繁《ひんぱん》に出ているそうで、元からいる冒険者との揉め事も多く、レッツェもアッシュたちも森に行くのを控えているのだそうだ。街から日帰りできる狩場は限られてるし、金ランクパーティーがどうこうではなく、人が多いとどうしてもね。お陰でこうしてリフォームを手伝ってもらえているので、俺としては悪くないんだけど。

「む……」

シフォンケーキを食べてご満悦っぽいアッシュ。メープルのシフォンケーキに緩めの生クリームをたっぷり添えてある。

「これはまた不思議な食感ですね。ふわっとしてしゅわっと溶けるように縮む……」

「甘いものって保存兼用で固めのものが多いから珍しいかもな」

こっちのお菓子って、お菓子自体が珍しいけど、ずっしりどっしりな感じのものが多い。

バリエーションが少ないのは、特別な祭日にしか職人に作らせないお触れが出ていたらしいので仕方がない。贅沢品よりパンに素材を回せとかそんな感じで、小麦粉を使うものは、家庭ではパンしか作れなかったらしい。

自分で収穫して作れる人か、料理人を抱える金持ちしかお菓子を楽しめなかったそうな。それがだんだん、パンにチーズやベーコンを混ぜることが許され、甘いパンが許され——ナルアディードなどの場所によっては、菓子職人がすでにいる。

そもそもパン焼き窯のある家庭は少なく、大体は竈か暖炉のみ。菓子どころかパンも、職人の家や露店で買うか、職人の徒弟の行商人から買うかだった。

砂糖が貴重なんで塩味やチーズ味がほとんどだが、カヌムではメープル味のお菓子が庶民のちょっとした楽しみになっている。メープルシロップやメープルシュガーはお隣の城塞都市の名物で、高いけど頑張れば手が出ない値段ではない。いや、メープルシュガーは高いかな……。

サトウカエデの木を植えればいいのに、なんかダメな理由でもあるのだろうか。

「もっとかけるか？」

俺はシフォンケーキの甘さで十分だが、甘いもの好き用にメープルシロップを用意してある。

「俺はこのままで十分満足」

レッツェはしょっぱいものが好きそう。酒好きだからそう思うだけだが。

「私めも」

執事は甘いものというより、濃い味が得意ではないっぽい。ポトフみたいにさらりとした方がいい？　グラタンも濃い目のホワイトソースよりも、さらりとしたものの方がよかったかな。

「いただきたい」

アッシュはちょっとかけすぎだと思います。

それぞれにワインの入った小さな甕《かめ》を渡して解散。あとはせっせと俺がやる。


レッツェご案内〜。

借家人第1号はレッツェに決定した。1回目の討伐の間に家の価格が動いて、この辺は安くなったけど、他は高くなった。予測はしてたらしいけど、冒険者としての地位を上げる方を優先した形だ。というか、銀になったから買えるって言ってたもんな。

安い場所を買い、住みながら手入れをして付加価値を上げて高く売り、どんどん次に行く方法もあるが、レッツェは食事も外だし手入れする自信が全くなく、家を買うなら終《つい》の住処《すみか》にするつもりだったらしい。そういうわけで、値段が落ち着くまで待つそうだ。

「へえ、風呂があるのか。それにトイレに壁がついてる」

つけたとも。というか、なんでこっちの世界オープンなの？　トイレは穴があるだけってどんだけだよ！　いや、壺があるだけのお宅もあるそうなので、まだマシ……なのか？

今ならまだ改造ができるので、住むことが決まったレッツェに希望を聞く。

「贅沢を言えば個別の倉庫かな」

「倉庫か」

倉庫は武器や取得物を保管しておく、鍵のかかるものが欲しいそうだ。冒険者の多くが外食だし、大きな倉庫はいらないという。むしろ、倉庫は盗った盗られたとか、補充とか、同居者同士の争いの元。大家が一緒に住んでいれば管理してもらえるけど、それでも面倒ごとはあるらしい。全部を部屋に置くには、レッツェは荷物が多いんだって。

さらに管理を頼んだ執事の希望を聞いて、間取りを考える。もういっそ冒険者向けの間取りでいいかな?

希望を聞いたあと、変更点を洗い出して作業を開始する。

「台所側だけじゃなくて、こっちからも井戸に行けるよう扉をつけて、洗い場を広くするか」

魔物も家畜も、街の内外の決まった場所で解体することになっている。匂うからね……。ただ小型のもの、鳥とかウサギとかは敷地内で解体するし、冒険者は魔物の部位を持ち帰ったりするので、洗い場は広い方がいい。井戸の周辺にも洗い場はあるけど、排水がしっかりしてない井戸端は少々怖い。飲み水なのに、混ぜるな危険である。

水脈は繋がっているし、2軒か3軒変えたところで仕方がない気がするけど、しないよりはましだろうと、自分とアッシュの家は井戸や地面と洗い場を繋がないようにした。洗った水を流れ込ませる下水からすでに浸みている疑惑もあるけどね！

階段の下は薪置き場。冬の間だけでかなりの量を使うし、毎日のことなのですぐに取れる場所にないと不便だ。地下は残りの薪置き場と共用の物置。これも変わらず。

半分はレッツェの希望を入れて、個別の倉庫にしよう。

藁のベッドは、虫の寝床になりそうなんで、却下。こっちのベッドって、木の台に藁束並べてシーツをかけたやつとか、木の箱に藁を詰めてシーツをかけたやつとかが普通なんですよ……。農家では、家畜の餌《えさ》のような藁に潜り込んで納屋で寝てるとかあるし。

レッツェが持ち込まないように、こっちで設置してしまうことにした。この借家に住む条件は、1日最低1回の水浴び、風呂に入れ！　着替えろ！　年に2回、燻蒸する！　である。

色々用意してあったので、【収納】から出して、せっせと設置。1人で調整するのが大変なものもあるけど、【収納】は見せられないからなあ。

そんな感じで、数日ごそごそと活動。その間に3回目の討伐があったようだ。アッシュたちもレッツェも熊狩りやら何やらに勤《いそ》しみ、俺は両ギルドから回復薬の納品を頼まれたりと、ちょっと忙しかった。


そして、完成披露。

「もうできたのか、早いな」

「頑張りました」

自慢じゃないが身体能力フル活用だよ！　ついでに乾燥とか、時間が必要な作業は精霊に手伝ってもらいました。

レッツェとアッシュたちを案内する。

「1階は居間と風呂と台所だな。あと荷物の一時置き場か」

このあたりは職人の家族が大家として住み、1階は作業場と家族の居間や台所、2階は家族の部屋、3階に徒弟を住まわせ、屋根裏が倉庫か貸し部屋というパターンが多い。徒弟がいない場合は3階も貸し部屋だ。

この家もまた売っぱらうかもしれないから、大家一家ら職人が住めるように、風呂場をつけた以外は大きな変更はしていない。

「ああ、なんか居心地よさそうになってる。てか、絨毯など高いものが敷いてあるんだが……」

レッツェが言うが、絨毯を敷いてテーブルを置いただけだ。

「最初に地下かな？」

地下に降りる階段は広いとは言えないが、一応一般的なワイン樽が通せるサイズではある。

「手前は共有、奥は部屋数分に区切ってある。鍵は部屋のものと共通だな」

「おお、格子扉がついてるのか」

扉を開けて、中に入ってみるレッツェ。締めて鍵かけていい？

「高めの酒や予備の武器はここかな」

もうすでに置くものを検討しているようだ。

2階は部屋を3つ。台所の上にあたる場所に1部屋、玄関側に2部屋。部屋には押入れと納《なん》戸《ど》の中間みたいなのをつけた。

「これはベッドか？　……あ、やべえ、いいわ」

「時々干せよ」

藁を束ねたベッドマッドは俺が嫌だった結果、オオトカゲの皮をトランポリンのようにベッドフレームにピンと張って、毛織物を敷いている。

「ここは何ですかな？」

ベッドにごろごろするレッツェをよそに、執事のチェックが続く。

「納戸だな」

「む……」

「アッシュ、押しても開かない」

それは引き戸です。

カラカラと開けてみせるとちょっと驚かれる。こっちの世界の引き戸って、城とかで部屋の間仕切りに使われるくらいで、あまり存在しないらしい。引き戸はすぐ外せるし、治安のよろしくないこの世界で普及しないのも当然だろう。

「ほう、どっちからも開いて中が見えるのか」

珍しげに開けたり閉めたりしている面々。

「明かりを持って入るのも面倒かと思ってな。開け閉めがしづらくなったら、戸の下の溝の掃除をして蝋《ろう》を塗ってくれ」

引き違い戸にしたので中は見やすいと思う。

「壁の石の出っ張りは棚用なのだな」

「うん、2枚つけといたから、移動するなり増やすなり自由にどうぞ」

アッシュに答えながら、棚の移動を実演してみせる。ちょっとした出っ張りと、板を差し込む溝をいくつかつけてあるのだ。

ベッドと暖炉、納戸が部屋の基本装備。狭いが納戸の隣を空けてあるので、ワードローブを入れるなり、暖炉用の椅子を買うなり自由にできるだろう。

「執事の部屋では、銀器などをしまう倉庫が奥にある場合がございますが、こちらはもっと個人的で気軽。鯨油《げいゆ》などを寝室にしまう方も多いと聞きますし、この収納は便利ですな」

執事のお墨付きをもらった。こっちの世界は、出回ってる間に買い溜めたり作ったり、半年から1年分を保管する勢いなので、収納はどれだけあっても足りないくらい。

大抵は地下が塩漬け肉やワイン――水代わりに飲む、度数が低くて薄いやつ――で、屋根裏が乾燥肉とか藁の保管場所になっている。鶏や山羊を飼ってると、飼料も家の中に保管だ。まあ、ベッドの藁束がそのまま飼料に転用されたりするが。

3階も同じ作り。貸し部屋としては広いし、かなり贅沢だが、あまり大人数を入れたくないので、料金お高めで人数を絞った感じ。普通は1部屋に5、6人を入れるらしいが、それはしない。別に借り手がいなくてもいいしな。

レッツェは布団を買って、明日にでも引っ越してくる気満々な感じ。

◆◇◆◇◆

一仕事終えて、久しぶりにディノッソ家にお邪魔しようと、人気のない小さな森――いや、林？　に出た。他の場所は見通しがよすぎて、ディノッソ家の誰かに見られそうだから、大体ここに出る。

すると、修羅場が思い切り展開されていた。

「弟に触らないで！」

弟を守るように立ち塞がるティナ。その前には、醜悪な顔をした2人の男。醜悪なのは顔の美醜じゃなくて、表情だ。

「うるせぇ！　大人しくしろッ！」

すごい悪役です。悪役というか、悪人か。

そういうわけで、悪人2人を後ろからゴスッと殴って終了した。頭を思い切り殴ったけど、安否《あんぴ》は知らぬ。

「大丈夫か？」

「ジーン！」

「ジーン兄ちゃん！」

半べその2人が抱きついてくるのを受け止めて、頭を撫でる。

ここしばらくよく働いたから、遊びに行こうと手土産を用意して【転移】したら、事件でした。なんでこんなところに人がいるのか、自分のことを棚に上げて考える。もしかして他にもいて、そこに馬がいる？

それにしても、弟を必死でかばう姉か。色々な家族の形があり、色々な人がいるのは頭でわかってるけど、ちょっと心中複雑だ。

「で、どうしたんだ？」

「急にいっぱい人が来て、お父さんとお母さんが逃げなさいって……」

ティナがしゃくり上げないように頑張りながら、一生懸命説明してくれる。

どうやら第一の事件現場はディノッソの家らしい。ディノッソが対応している間に、納屋にいた子供たちを奥さんが逃したようだ。その時、双子の片割れのバクが捕まってしまった。

双子の名前はエンとバク。２人並ぶとなんとか見分けがつくけど、１人だと難しい。今ティナといるのは、話からしてエンの方。

「随分物騒《ぶっそう》だな」

さっきのあの状態といい、随分と暴力的だ。

「とりあえずお父さんとお母さんのところに戻ろうか。ただ、何か起こってても声を立てないようにな」

倒せる自信は半分くらいあるけど、ディノッソたちがどういう状態かわからないので確認したい。できれば子供たちは安全な場所に置いてゆきたいが、隠れる場所がとても少ないし、他の悪人がうろついてたら困る。本当にいざとなったら【転移】で連れて逃げよう。

家に着くと、男に踏みつけられて倒れているディノッソと、もう１人の男に後ろから押さえられ、喉元に剣を突きつけられている奥さん。双子の片割れのバクがちょっと――いやだいぶ離れたところで、男に捕まっている。

他に男が2人、全部で5人か。バクは距離がありすぎて、一気に殲滅するのは難しい。バクのいる場所の方が近いのだが。

「くそ……っ」

「とっとと居場所を言えばいいのに」

「はん、こうなっちゃ、王狼バルモアも形なしだな。抵抗すると子供の方をやるぜ？」

倒れているディノッソをゴスッと蹴る男。

「お父さん！」

あー！　あー！

ティナの叫びを聞いて、とりあえず距離の近い、バクを抱えた男を殴り倒す俺。

「あら、あら」

他の4人に向けて走り出そうとしたところで、場違いに明るい奥さんの声がした。

俺は足を止めた。

剣を突きつけられていた奥さんが、男の手をねじり上げながらドスッと足を踏んで、逆の手で肘打ち。そのまま剣を奪って、ディノッソを蹴ってた男を一閃《いっせん》――というか剣で殴り倒し、残りの2人もあっという間に串刺し。

えーと？

「お父さん、お母さん！」

嬉しそうに駆け寄っていく3人。

どうしていいかわからない俺。転がったままのディノッツォ。

人が死ぬのを見るのは2回目なんですが、これは奥さんがやったのか？　やったんだよな。

子供たちは両親が無事だった嬉しさが勝るのか、死人はスルーして抱き合って喜んでいる。


家の中でディノッツォの手当てをする。奥さんたちは、荷物をまとめて逃げる準備中。

「痛そうだな」

「一応、わかんねぇように避けてたから見た目ほどじゃねぇよ。痛えけど」

「そうか」

「ああ」

色々ついていけなくて、黙って薬を塗って包帯を巻く俺。

「……」

「……なんか言いたいことあんだろ」

ディノッソが苦笑いしながら聞いてくる。

「ああ……。言っていいか？」

「おう」

「俺、回復薬持ってた」

「ぶっ！　イテッ！」

ディノッソを包帯でぐるぐる巻きにしてから気づきました。

「巻き込んで悪かったな」

「だいぶびっくりした」

「お前、死にそうな顔してたもんな」

だって奥さん、トドメ刺して回るし、色々理解が追いつかなかった。

でもあの様子からしてきっと必要なことなのだろうと、奥さんに対する嫌悪感はない。純粋に、はっきりと目撃した人の死にショックを受けてる感じ。殴り倒して、もしかしたら死ぬかもしれないと思いつつ放置した俺とは覚悟が違う。

——バクを捕まえてた男がやたらと離れていたのは、近づくと人質がいても殲滅されるからだったんだな、きっと。俺も奥さんに勝てる気が全くしない。

回復薬のことも頭から抜けてたし、魔法のことも抜けてた。バクを捕まえていた男を殴り倒さずに、全員を魔法で眠らせるとか、動けなくするのが最良だったと猛省中。力があっても使うべき場面で使えないなら意味がない。

「エンは【収納】持ちなんだ」

「うん？」

「……【収納】持ちなんだ」

「うん」

ディノッソが同じ言葉を二度繰り返す。

「……えっと」

「エンの【収納】は、なんにもないところにおっきな机を入れられちゃうくらいすごいんだ！麦の袋なら10個は入るって！」

「ジーン、【収納】持ちってすっごく珍しいの。それこそ、お城から人が来て連れてかれちゃうくらい！」

口ごもったディノッソの代わりに、荷物を抱えたティナとバクが説明してくれる。

ああ、【収納】は便利だもんな。商業的に利用するなら平和だけど、密輸し放題だし、武器持ち込み放題だし、戦争での荷駄《にだ》を減らせるし。

それにしても俺も【収納】持ちだからわかるけど、バクに説明されると子供らしくて不可解な感じ。あと俺の【収納】は、机よりおっきなものも入ります。

「エンが精霊に祝福されて【収納】持ちになった時、場所が神殿だったもんで、その場でバレてな。以来、狙われてきた」

「難儀《なんぎ》だな。ここから逃げるのか？」

寂しくなるな～。

「カヌムに行く。逃げるのはやめだ」

「はい？　なんでカヌム？」

俺ん家《とこ》か？

「俺とシヴァは冒険者だ。結構、有名なのよ～？」

この状況で、おちゃらけてウィンクしてくるディノッソ。

辺境の都市カヌムは、そういえば俺も神々にお勧めされた。面倒な貴族や神殿からの干渉が一番少ない街で、北方のように氏族意識も強くない。

ディノッソとシヴァは腕のいい冒険者で――いや、奥さんは某貴族の令嬢で、ディノッソと出会って冒険者になったそうだ。納得いかん。

話を戻そう、腕のいい冒険者だったが4年前にエンに【収納】がつき、襲われやすくて居場所がバレやすい冒険者を辞め、姿をくらませていたんだそうな。

「4年経ってもしつこく探して、こんな辺鄙《へんぴ》なとこまで来るんだ。俺とシヴァが弱る前に、子供たちが自分で身を守れるようにしときたい」

「それで冒険者に戻るのか？」

「そそ。一応、動物の扱いや狩りの方法は仕込んであるしな。エンとバクももうすぐ8歳になるし、世界を広げてやりてぇ」

俺が思ってた平和な農家じゃなかったけど、いい父さんだな。

「さて、回復薬の代金は……」

ディノッソが高い場所から壺を出して、中身をザラザラと開ける。金貨が机の上に広がる。

「回復薬の相場って今いくらだ？」

「いや、いいけど」

「払う余裕がある時は払うのが、俺の主義なの！」

包帯をむしり取りながらディノッソが言う。俺に金を払ったあと、残りを袋に分けてゆく。なかなかのへそくり金額、カヌムに行って数年は余裕だろう。

「随分、小分けにするんだな？」

「カヌムまで遠いからな。揃って無事に着けたらいいけど、はぐれたら、子供が冒険者を雇えるように個別に持たせる」

「なるほど。――俺、送ろうか？」

「あなた、怪我がよければ――あら？　回復薬で古くないのなんてあったの？」

思い切って聞いたところで、奥さんが戻ってきた。回復薬は古くなると緑から茶色に変わって効果がなくなる。ディノッツォの冒険者時代の回復薬はまるっと使えない。

「ジーンにもらった。その前に腹ごしらえだな、なんか頼む。その間に外のあれ、捨ててこよう」

そう言って立ち上がるディノッツォ。あれって外の悪人どものことだよな？　この家を捨ててゆくとはいえ、証拠を残すこともないだろう。

「ジーン、ごめんなさいね。驚いたでしょう？」

「いや……。うん、まあ驚いた」

そこは素直に認めよう。

「食事は俺が作るから、引っ越し準備しててくれ。あ、持っていく食材分けちゃってくれ」

俺の言葉に、奥さんが塩漬け肉やワイン、干し野菜などを分けてゆく。大きな包みと小さな包みが5つ。多分【収納】する用とそれぞれで持つもの。

俺はそれを横目に、残った食材で料理を始める。スープは暖炉にかかってるし、さて？

豆とキャベツのスープに、塩漬け肉をよく洗ってブロックで投入。カブと玉ねぎも追加して塩味を薄める。人参を千切りに。オリーブオイルとワインビネガー、塩、ほんのちょっとの砂糖を混ぜる。砂糖は俺が前に持ってきたやつだなこれ、胡椒も持ってきておけばよかった。

——ちょっとズルして、【収納】から胡椒を少々。混ぜた液体を人参にちょっとずつかけて混ぜてを何回かで、キャロット・ラペ完成。

勝手知ったるなんとやらで、家畜小屋から卵を調達。キノコのオイル漬けは持っていかないようなので、塩漬け肉と一緒にバターで炒めてソースを作る。

メインはオムレツ。本当は匂いがつきやすいので卵用は他と分けたいんだが……。とりあえずキノコを炒めたフライパンを綺麗にして、竈の火を調整し、バターを落とす。

フライパンを揺すりながら縁に近い部分を中央に移動させつつくるくるとかき混ぜて、ふわふわに。チーズを投入、フライパンを動かすのも混ぜるのもやめて数秒、卵が固まり始めたら片側に寄せて形を整える。

キノコたっぷりのソースをかけて終了。ケチャップ欲しいぞ、ケチャップ。

「できたぞ」

豚肉のでかい固まりが入ったスープ、チーズオムレツ、キャロット・ラペ。

「ジーンの料理は色も綺麗なのよね～」

子供たちに手を洗わせ、そのまま席に着こうとしたディノッツォも井戸に向かわせるシヴァ。

「相変わらず美味そうだな」

手洗いを省略しようとした男、ディノッソ。

「ふるふるするやつだ！」

前に1回作ったのを覚えていたバクが、皿を揺らして嬉しそうにする。

「むう、ティナもお料理うまくなる！」

「このままだと旦那さんの方がうまいもんね！」

「エン、可愛いティナはお嫁に行かないの！」

子供同士の微笑ましい会話に混じり、ディノッソが親バカを炸裂《さくれつ》させる。

カヌムでこの会話が聞けるのだろうか。

「ここからカヌムまでどれくらいだ？」

「順調に行ってひと月半。奴らが置いてった馬があるし、エンの【収納】があるからな」

ディノッソが言うように、【収納】があれば旅は格段に楽だ。こっちの旅は野宿がほとんどだし、村で食料を分けてもらおうとしても、冬を越えたばかりでは余りはないかもしれない。

俺が調査に付き合った時もそうだけど、食料が確保されている安心感は素晴らしい。

「ジーンと会えなくなっちゃうの？」

「いいや、会えるさ」

オムレツを食べる手を止めて、うるうると泣きそうなティナの頭を撫でる。

「あ、僕も！」

「ずるい！　僕も！」

要望に応えて双子も撫でる。

それにしても、カヌムに来るんじゃ、むしろ今までより顔を合わせるんじゃあるまいか。

「カヌムで数年活動して、慣れたら迷宮だな」

「え」

ディノッソの言葉に驚く俺。

カヌムに永住するんじゃないのか！　迷宮？　そういえば、神々の最初の説明にも迷宮は出てたな……。完全に忘れてた。

「ジーン、欲しいものがあれば持っていって？」

食事も荷造りも終えた奥さんが言う。精霊が見えるようにしたら、全員のそばにうろちょろしてる。ディノッソと奥さん――シヴァとエンは契約中かなこれ？

ディノッソには、ひと抱えもありそうなドラゴン型の火の精霊、シヴァは青白い女性型の氷の精霊。神殿で憑いたというエンは系統が違って、肩乗りのリス。

なぜリスなのか。シヴァの用意した荷物を、エンの【収納】なのか、リスが頬袋に詰め込んでゆく。大きなものも、端を齧ると吸い込まれるように入ってゆく光景はなかなかシュール。俺の【収納】はどんな仕組みか知らないが、少なくともリスやハムスターではないはず……。

「もう入らない！」

小さなリスの頬袋が両方パンパンになったところで、エンの【収納】の限界が来たようだ。リスさんや、その頬袋どうなってるの？　リスが2匹いたら収納量も2倍になるんだろうか？　エンの肩に1匹ずつリスがいるのを想像して和《なご》む俺。

残った荷物と小分けした荷物は、それぞれの馬の鞍に括《くく》りつけられる。襲撃者が乗ってきたやつだ。街で売るか替え馬にするのか、他の馬も連れてゆくようだ。というか、8歳なのに馬に乗れるのか。

「さて、家畜に餌をやって、柵《さく》を開けたら出発だ」

「カヌムまで送ろうか？」

「遠慮する、家族で旅をするいい機会だ」

お断りされてしまった。

家畜は豚と鶏、牛と羊と山羊が数頭ずつ。このあたりならば人が餌をやらなくても生きていけるだろう。実際、天気のいい日は放牧だったし。

ああ、もらっていいならまるっともらうかと、餌に夢中な家畜たちを見て思う。

子供たちが抱きついてくる。涙目の3人を撫でてポンポンと背中を叩く。ついでにそっと、ちょろちょろしている精霊に何かあった時の報告を頼む。

「カヌムにも来るんだろ？　冒険者ギルドで居場所がわかるようにしとくよ、ルフ殿」

1人では跨がれない子供たちを馬に乗せながら、ディノッソが言う。

「ルフ？」

「この何もない場所に馬にも乗らずにやってくるって、怪しい以外の何者でもないから気をつけた方がいいぞ？」

ディノッソにそう言われて、馬と顔を見合わせる。

ぶるるる、とか言われた。

「——カヌムに着いたら『灰狐の背』通りの飛び番Bを訪ねろ。あと、ルフじゃないぞ、俺。怪しい存在ではあるけど」

「ありゃ、外れたか」

カラカラと笑うディノッソ。

「ちっと子供たちにはきつい旅かもしれねぇけど、まだ俺たちには余裕がある。お前に力があるのは薄々知ってるけど、余裕があるうちはその力に頼りたくねぇんだ」

真顔になってディノッソが言う。

「友達ですものね」

奥さんがいつもの笑顔を向けてくる。

「だからカヌムで会おう！」

言うだけ言って、馬を操り背を向けるディノッソ、俺に手を振りながらそれに続く4人。

あとには、ちょっと照れた俺が残された。

そうだな、このチートくさい能力を使うのは、料理を届けるとか作業を手伝うとかとはちょっと違う気がする。

よし、ディノッソ一家がカヌムに着いたら、風呂と料理で労おう。貸家を空けとくのは早計だろうか。

おっと、考えるのはあとにして、残された豚や羊を【転移】で家まで連れてこう。腹がいっぱいになったら柵から出てしまうだろうから、急がないと。

まずは豚から、山の家にある家畜小屋に【転移】。次に羊、山羊、牛が1頭、最後に鶏を籠に入れて【転移】。餌と寝床用の藁も忘れない。

放牧用の囲いを作ろう。ディノッソ家みたいに毎日あちこちに連れて歩く手間はかけられない。でも、どんぐりの季節になったら豚は森に放したいな。

鶏は懐《なつ》いてるのかなんなのか、放しておいても夜になると寝床に帰るし。ああでも、新しい小屋の場所を覚えてくれないとダメか。

上機嫌で柵を作っていると、俺の気配を察してリシュが駆けてきた。柵といっても等間隔で杭《くい》を打って、上中下の3カ所に綱を張るだけだけど。

作業を続けていると、綱とじゃれ始めたリシュ。途中から自分の尻尾にじゃれようとして、くるくる回ってはこてんと倒れるのを繰り返す。最近お気に入りの遊びらしい。

いろんな精霊を見ているけど、うちのリシュが一番可愛い。


家畜小屋を整備した翌日、新たな入居希望者がディーンとクリスだと執事から告げられた。予想はしてた。俺は、アッシュたちがいいならそれでいい。レッツェを含めて2階の3部屋が埋まった。

ディーンとクリスはベッドに喜び、押入れもどきにも喜んでいた。特にクリスは、普段は装備していないがプレートメイルを持っていて、収納できるのが嬉しかったらしい。

プレートメイルは、こちらでは騎馬戦で着るもののイメージだ。胸部だけ、手だけ、足だけにつけてる人は見かけるけど、全身に鎧をつけられる冒険者はそれこそ精霊の加護がある人なんだろう。重いからね。大物との戦いが確定しているならともかく、プレートメイルを一式装備して森を歩くのは大変そうだ。普段の冒険者活動にはまるで向いていない装備。

見せてもらったプレートメイルは、銀色に金の模様入りで綺麗に手入れされていた。クリスは本当に騎士なのかもしれない。

なお、ディーンみたいに筋肉のでかい体型も、冒険者では珍しい。大体が素早く動ける痩身か、筋肉も脂肪もついてる体型がほとんど。脂肪が第2の鎧になってる感じ。

回復薬があるので、元の世界ほど怪我にシビアじゃないけど、攻撃を食らった時、筋肉質なだけだとダイレクトに筋肉や筋を傷めて動けなくなる。

新たに引っ越してきた2人は、レッツェやアッシュたちと1階で茶をしている。

「で、娼館はいつ行く？」

ニヤニヤして聞いてくるディーン。

「なんでわざわざ城塞都市くんだりまで行かなきゃいけないんだ、面倒くさい」

しかも馬でだ。

「アノマの城塞をくんだりとは……っ！」

嘆かわしいと言わんばかりにクリスが悲壮な表情をする。城塞都市の名はアノマ、国はテオラールと言う。城塞都市としか呼ばないけど。

「娼館が面倒だとう!?」

「自分より顔の整った方が客で訪れたら、美妓《びぎ》も驚かれましょう」

ディーンがさらに何か言う前に、執事が言葉を挟む。

アッシュがいるから、生々しい話になる前に話題を変えたいのだろう。美妓は高級娼婦のことだが、こっちでは身につけた技芸《ぎげい》を賞賛する意味も含んで上品な言い回しのようだ。

「『月楽館』と『天上の至福』がどこにあるのかは知ってるのか……」

ボソっとレッツェ。

話をそっちに戻すのはやめろ！　城塞都市は一応一回りしたんだよ！　その昼間に広場でやなことがあったから、娼館には入ってないし、以後、城塞都市には行ってない！

「娼館はまあ置いといて、ジーンは何か欲しいものはないのか？　牛は俺たちも食ったし礼になってないだろ」

執事と俺の視線に気づいたのか、話題を変えるレッツェ。

レッツェはそのうち、アッシュが女性だと気づきそうだ。ディーンはなんか、俺がジーンくらいの頃は夜通しかけて――とかぶつぶつ言っているのでスルーしよう。

「ああ、そうだ。ひと月半くらいしたら友人一家がカヌムに来るから、ちょっと気にかけてくれると嬉しい」

「友人？」

レッツェが聞き返す。

「何だ？」

「いや、人嫌いなのかと思ってたから。友人という言葉が出るとは思わなくて」

人嫌いというか、姉の周囲の人間が嫌だっただけで——まあ、俺の狭い世間の大半が姉の周囲の人間だったが。

人間不信は否めないかもしれない。

「ジーンはいい人だ。友人になれないなら、その者が心を返せないだけだ」

ちょっ……！　アッシュ、ずっと黙ってたのに、いきなり恥ずかしいことを言い出すのやめろ！　あと顔が怖い！

思わず目を泳がせる俺。

「うむ！　宵……、ジーンはよい男だ！　その家族が着いたら教えてくれたまえ、このクリスがこの街を案内しよう！」

言動がいつも恥ずかしい男に言われると、途端に心が凪《な》いだ。ありがとう。

「こちらの3階はどうされますか？」

執事が、一家のために空けたままにしておくのか問いかけてくる。

「気にしないでいい。子供がいるから、遊び相手を作るのに子供の多い場所に住みたいかもしれないし。いざとなったら俺の家の2階を貸すから」

「ひと月半後はこの辺なら空いてるだろうけど、街中は難しいんじゃないかな？　ギルドの公式な討伐は終わったけど、アメデオの取り巻きたちがゴソゴソやってるせいで、まだ危険視してる奴らが大半だ」

茶を口に運ぶディーン。

「金ランクパーティーの3人は城塞都市に移られましたが……。なるべく中心部に住まいを移そうとされる方はまだ多いですね」

中心部には避難所になる『精霊の枝』があり、何より他の家が盾になるためカヌムではより安全なのだ。

中心部に住みながら空いた部屋を貸している人が、なんか1部屋に詰め込む人数を増やしたって聞いて、ちょっと信じられなかった。見ず知らずの人のルームシェアですよ、狭いところに重なるように。

対して、俺たちの住んでいる破壊の記憶が新しい区画は不人気。最初に俺が借りた時よりも買った時、さらに今の方が家の価値が下がっている。

「いざという時はうちの3階も提供しよう」

「ありがとう。こっちも空いてるから大丈夫だ」

そんな、性別がバレそうな危険な提案をしなくても大丈夫だから、アッシュ。俺の家はなんならまるっと空けられるから。

「では裏の家を空け……いえ、買いましょう」

おい、執事。裏の家に何をするつもりだ？　今、空けるって言ったよな？　アッシュ以外の面々が、笑顔の執事を一瞬無言で見て目を逸らす。

「防壁内に買える家は2軒までじゃなかったっけ？」

一等地に2軒は許されないし、門や塔などの要所に近い2カ所を買うのも禁じられている。

「はい。ジーン様はすでにご自分用とこの借家をお持ちですので、私が。ただ少々頼みごとがあるのですが……。こちらは後ほど」

「うん？」

——あとから言われた執事の相談とは、アッシュの家とその裏の家を、屋根裏あたりで繋げて欲しいという頼みだった。俺が家に裏口をつけたのを見て思いついたらしい。逃走ルートの確保なのかな？

しかし、執事が買った家をディノッソが選ばなかった場合はどうするんだろう？　その場合は屋根裏部屋を貸し出さずに、1階から3階をなるべく普通の1家族か2家族に貸すそうだ。

エンがいるので、ディノッソとしても逃走ルートがあるのは喜びそうだけど。まあ、どこを選ぶかは本人にお任せだ。

あれ？　俺の周りって、狙われてる人多くない？　２人いるとか普通？

色々話した結果、執事に借家を売り、俺がアッシュの裏の家を買った。逃走ルートに使うなら、持ち主が違う方がいいだろうということで。

襲撃犯が周到ならば、当然、周囲の家の持ち主と住人をチェックするだろう。

ベッドともども色をつけて借家を買ってもらったので、なんか儲かった。というか、ベッドのうち３つはレッツェとディーン、クリスが個人的に買い上げてくれた。また引っ越すことになっても持ってゆく気満々のようだ。

材料を持ち込んで俺が部屋で組み立てたけど、完成品を持ち出すのは大変な気がする。

調査と討伐に参加した銀ランクということで、執事が家の推薦状を冒険者ギルドからもらってきた。仕事が早い。――アッシュと一緒に冒険者登録をしたのかと思ってたら、しれっと銀ランクだったんだね。本人は、若気の至りです、などと供述している模様。

アッシュと共に黄斑病の薬作りを手伝っていたのは知れてたから、商業ギルドからも審議で反対は出なかった。買う場所も人が流出している地区ということで、空きを埋めたいのもあったんだろう。金ランクの取り巻きも一部を除いて引き揚げちゃったし、商業ギルドが一時預かりの貸家にしても、部屋が埋まるのはしばらく難しいだろうし。

俺、リフォームばっかりしてるな、好きだからいいけど。

また水回りの工事を頼み、壁を少しガリガリやって整える。こっちの家は壁を共有してるから全部はできないんだけど、結構隙間がですね……。まあ、その隙間風の防止のためにタペストリーをかけてるんだろうけど。

俺の家側の窓があった痕跡がですね……。全部漆喰で窓枠ごと埋められている大雑把《おおざっぱ》さ。なんか事件現場というか、ホラー風味なんでやめていただきたい。

俺の家は通りに無理やり作った感じなので、左右の家にも影響があったんだろうなこれ。これもガリガリ削って、窓の場所は全部小さな棚にした。

残っていた家具類も売り払ってまっさらにし、鎧戸は俺の家とお揃いに作り直す。前と同じ工程だが、今回は屋根裏部屋の石壁を抜く。ズルをして『斬全剣』で斬って、ごまかすためにちょっと割る俺。だって断面つるつるだったんだもん。

縦横1メートルの穴を開け、下段の背板が開く細工をした棚を設置。ディノッソたちが住まないなら、アッシュの家からしか開かなくする予定だ。

隠し扉の開閉を試し、同じ棚を作るための材料をアッシュの家に運び入れる。

「お邪魔します」

「うむ、いらっしゃい」

一応、正面から回ってお邪魔する。

「お手数かけます」

執事とアッシュに案内されて屋根裏部屋へ。

「隠し扉に鍵というわけにはいかないし、部屋ごとに鍵になるのかな？」

「そうでございますね」

３階への階段を上がりながら気になることを聞く。

「部屋の鍵はあまり好きではないのだが……」

「なぜ？」

「どうも閉じ込められている気がする」

アッシュが嫌なことを口にするのは珍しい。聞いたら、子供の頃は夜になると部屋に閉じ込められてたんだってさ。

こっちの世界では、赤子といえども1部屋が与えられて、ある程度育ったら夜は出してもらえないらしい。ある程度広い家というか、貴族では大体そうなんだという。

「トイレとかどうするんだ？」

「私は控えの間に乳母か侍女がいたが……」

そこまで広い屋敷じゃないとどうするんだろう……って、トイレは部屋に壺でしたね。

屋根裏部屋へは梯子《はしご》を使うので、これもなんとかしたい。荷物を持って上がるの危ないし。

「もうあちら側はできているのか」

「ああ。こっちも組み立てるだけだ」

当たり前だが、背中合わせの部屋は同じ広さなので、棚のサイズも同じ。

棚の組み立てを手伝ってもらいながら構造の説明をする。壁の穴からずれないように棚はかなり重く、背板も厚めだ。

「ほう、よくできている」

「棚としてもよいものですな」

「置く場所が場所なんで、シンプルにした。背板が壁に沿ってスライドするから、棚のこっち側の荷物は壁から3センチくらい離して置いとくといいかも。下段に何を置くかも難しいかな」

隣に逃げたことを隠したいので、荷物を散らかすとまずいだろう。

「籠に古布でも入れておきます」

「なるほど」

その辺はお任せだ。

それにしても、隣同士で壁を共有し家同士がぴったりくっついてるせいで、窓が中庭と通り

側にしかない。アッシュの家とレッツェたちの借家は間に路地があるから、路地側があるけど。家と借家の屋根に窓をつけるかな。屋根から出っ張ってる窓はドーマーって言うんだっけ？　窓なだけに。

屋根裏への階段を作り変えて寝室にしたら、秘密基地みたいでティナたちが喜ぶかな？　いや、これは日本人《おれ》の感覚か。でも作りたいから作ろう。

階段はあえて狭めに作って、天井を持ち上げて入るような——うん、ちょっと、作る俺の方が楽しい。ああ、でも断熱材なんかなくてダイレクトに瓦だから、夏は暑くて冬は寒そうだ。

寒いのはともかく、暑いのはエアコンもないし困る。でも奥さんの精霊でなんとかなるような気もそこはかとなく……。

いいや、俺の家の屋根裏をまず改造して具合を見よう。色々試して、よさそうなら子供部屋も改造にかかる方向で。

友、遠方より来たる、だ。再会が楽しみすぎる。家を整えておいて、びっくりさせよう、びっくり。

いやまあ、俺がいることにびっくりするのが先か。

ウキウキしながらまたリフォームに取りかかる俺。俺の家が完成するのっていつなんだろうな？　剣と魔法の世界のはずなんだけど、ずっと改装作業をしてる気がする！

外伝1　レッツェの場合

「こっちはレッツェ。レッツエ、ジーンだ」

「ジーンです、よろしくお願いします」

付き合いのある銀ランク、ディーンに仕事を頼まれた。新人を同行させて、俺の普段の仕事を見せて欲しいという。

少々面倒だが、特に断る理由もなかったので受けた。付き合いもあるしな。

待ち合わせのギルドの酒場にいたのは、青年というにはやや幼い印象の、やたら綺麗な男。顔もだが、服も靴も手も綺麗だ。

ローブはどこかで古着を買ったらしいが、もしかして全て新品なのをこれで隠しているつもりだろうか。

冒険者に憧れたどこかの貴族か、商人のボンボンが、つい最近、装備一式を整えてきたって感じか。

「あー、こちらこそよろしく。堅っ苦しいの苦手なんだけど普通でいいか？」

「ええ」

とりあえず握手。手は思った通り男にしては滑らかで、白く傷もない。果たして剣やナイフを持ったことがあるのかどうか。

特定の場所がすり切れてたり、シミがついていたり、仕事や生活の痕跡があるのは大抵袖口だが、何もない。ズボンの膝、裾——特に何もない。全部新しいのだから当然だ。靴だけがかろうじて最近足場の悪い場所を歩いたことがわかる傷がある。土でもついてりゃどの辺を歩いたのかわかるんだが、綺麗にしてある。

本人自身、日焼けもなく、臭いもなく——ある程度金があると体臭をごまかすために色々つけてるのだが、それもない。習慣はなかなか抜けねぇもんだが、一体どういう出自《しゅつじ》だろう？ 神殿の奥で水垢離《みずごり》でもしてるような。……やっべぇ。

「おい、ディーン。本当に俺でいいのかよ？ 女と一部男と、他の奴らの視線が痛ぇよ。お前でよくねぇ？ こんな顔のいい男って聞いてねぇ」

『精霊の枝』が全ての精霊を受け入れ、街に密接した場所だとするなら、神殿は特定の精霊を崇《あが》める集団が、組織だって動く場所。

他の精霊に対しておおらかで、領主のように『精霊の枝』を管理下に置く神殿、逆に排他的で過激な神殿まで、規模もありようも様々だ。

俺はディーンほど強くない。森に連れていって、予定外の魔物が出たら、逃げるのはともかく守り切る自信はない。この綺麗な顔に傷でもつけたら――聖女や聖者とかいって、見てくれを死ぬほど大事にする神殿もある。

決まったわけじゃねぇけど、できれば関わるのは遠慮したい。

「俺は1回台なしにしてるし。あんたみてえに丁寧じゃねぇの」

「灰色の髪の兄ちゃんといい、なんでこんな綺麗な顔が転がってんだよ」

最近ギルドに出入りしているアッシュという奴も、いいところの出だと踏んでいる。この兄ちゃんと違って、あっちは剣をよく使うので魔物との戦いは問題がないし、多分近衛兵や指揮官などになれる、上級騎士を目指すような貴族の出。

「レッツェさん？」

にっこり笑顔で名前を呼ばれる。ちょっと男でもどぎまぎするような美形だ。

「わりい、じゃあ行こうか。俺は普通に依頼をこなせばいいんだよな？」

しょうがねぇ。草原メインで行きゃ、安全だろう。不確定な予測だけで行動しないってのもいただけねぇし。

俺は自分で観察して予測したことを積極的に口に出すつもりはない。全部口に出したら引かれるの分かってるし、自分でも気持ち悪いと思うからな。

「んで、掲示板見て肉の値段チェックして、安けりゃ毛皮だけ持って帰って数を増やす」

まず、掲示板の前に連れていって実際に確認させる。

頼んできたディーンは、ひらひらと手を振って俺たちを送り出し、そのまま酒を飲み始めた。

何かニヤニヤしてやがる。くそっ、あとで奢れよ？

「森でついでに採ってくるものって結構あるんですね」

薬草、キノコ、果物。季節によっては高いものが草原や森にある。受けた依頼だけ果たして帰ってくるにはもったいねぇし、何より金にならない。かといって、全部持つのは不可能、高く売れるものをチェックするのは当然だ。

ディーンくらい強くて、単独でも森の奥に行けるんならまた話は別だが。

カヌムを出る前に、ジーンの装備をチェックする。やっぱりというか、色々不足がある。剣と袋、当面の飯を持ってけばいいってもんじゃないんだが。

おい、なんで予備の食料や行動食に興味津々なんだよ。冒険者に憧れてたってんなら、剣とかナイフに喜ぶもんじゃないのか？

しょうがないので装備を整えるためにあちこち回ったら、なんかズレている。すごく嬉しそうなのが、飯関係とちょっとした雑貨を見た時。大丈夫かこいつ？

でも、食い物はそこそこ小綺麗なとこに連れてったのに、いざ自分で買うとなると微妙な顔をしながら選ぶ。珍しいけど、口に入れたくないってとこか？　よっぽどいいとこで育ったんだな、コイツ。

「よく観察して、草の倒れ方や分かれ方で獲物が進んだ方向を追ってく」

草原で動物の追い方をちょっとだけ。この草原はウサギだらけで、まともに痕跡を見せられるような場所が実は少ない。痕跡を見つける前に当のウサギにぶつかる。

森の中に入っちまえば楽なんだが、それは不安すぎるので、少しだけ森に近い、ウサギの少ない場所にわざわざ来た。

ジーンは棒を拾って、膝まである草を叩いてご満悦。これで不安にならない方がおかしい。でもなんでディーンがこいつを気にするんだ？　冒険者に憧れたどこかの子息なんて、森に連れてって熊でも狩ってやりゃ満足しただろうに。

――魔物とはいえ、ウサギを狩るのをキラキラした目で見られても困るんだけど。狩りもしたことねぇほど箱入りか？　ディーンと一緒に森には1回行ってるんだよな？

棒のことをスルーして説明していたら、なんか背中に隠してる。丸見えなんだが。恥ずかしいならその辺に捨てなさい。

「直線の上を歩くような足跡を残してくのは狐だな」

「狐を狩るところも見たい」

狐に期待度マックスみたいな顔をするのやめろ。

「あんたヘンな男だな」

解体まで一通り見せて、依頼の達成報告と取得物を売り払うところまでで、ディーンの依頼は終了。ギルドの酒場で一息ついている。

「変？」

「普通はもっと派手な行動の方を喜ぶんじゃないのかねぇ？　ディーンみたいな豪快なやつ」

そう言うと、少しだけ微妙な笑顔を返された。

その後、ギルドで見かける機会があって、ジーンがソロで熊を狩るのを知った。あの豆のない綺麗な手でどうやって？　――精霊憑きか？　俺には見えねぇけど、そういう奴がいるのは知っている。ますます神殿関係者の確率が高くなったが、見てるとなんか違う気がしてくる。


魔の森の奥へ、調査に行くことになった。銀ランクへの昇格は、信用は足《ほし》りているので、今回の調査か次回で上がるはずだ。森で対象になる魔物を何匹か狩れればいいんだが、あいにく俺の戦闘能力は高くない。

代わりに、森の奥で依頼を果たしつつ無事生き残るという実績を、ギルドから提示されている。冒険者には報告書を書くことを嫌がる奴らが多いし、ギルドとしちゃ調査のたびに真面目に報告書を提出する俺は便利なんだろう。銀ランクには強制依頼が出しやすい。

面子は俺とディーン、クリス、アッシュとノート、そしてジーン。

アッシュとノートは問題ない。いいところの出だろうけど、行動は俺の予想の範囲を超えない。ジーンは、何かおかしい。それはともかく。

「俺にだけ敬語はおかしいだろう？」

「妥当だと思いますが……」

時々崩れるものの、俺に敬語で接してくるジーン。

ディーンやクリスは銀だぞ？　そっちに使わずなんで俺？　他は俺より付き合いが長くて、気安いのかと思ったが、クリスとは俺より短いよな？　髭のせいでディーンたちよりだいぶ年上に見えてるのか？　いや、だったらノートにも敬語だろう？　落ちつかねぇんで、敬語はやめてもらった。

ジーンは、泥濘《ぬかるみ》の歩き方を俺やノートのことを見て、その身体能力でもって真似をする。

――チェンジリングにしてはいろんなことに興味津々なんだよなぁ。味もわかってるし。

チェンジリングと呼ばれるものには何種類かある。人に興味を持った精霊が自分の子――子といっても自分の力を分けて作った分身か眷属――と取り替えてしまうタイプ。黒い精霊が悪意を持って乗っ取ったタイプ。なり損なった人型の聖獣や魔物が、容れ物を求めてさらに乗っ取ったタイプ。どれにしても、精霊が人間を容れ物にしてるのには変わりがない。

精霊混じりは、思考や行動がズレ、そのズレを埋めるために人の真似をする。真似をされた人間は、そっと何かが欠けるという。

いい奴だとは思うけど、この調査中、俺は大人しくしてよう。

早々にそう判断したものの、決意は簡単に崩れた。いやもう、ちょっとしたことに「すげー」「なるほど」「おお！」みたいな顔をするもんだからつい。本人は黙って盗み見ているつもりっぽいんだが、顔に出すぎだ。これ、普段の仏頂面《ぶっちょうづら》の方が、作った顔だろ。すぐにいそいそ真似してるし。

ディーンがこいつを気にしている理由がわかる。ディーンだけじゃなく、何か全員が微笑ましい眼差しになってる。同時に大丈夫かコイツ？　という視線も同じくらい送られているが。

しかし、こいつの弁当やたら美味い！

味覚があるチェンジリングって、あんまり聞かない。やっぱりどこかの箱入りなんだろうか？　そのわりに料理も含めて知識もあって、器用にこなすし、汚れることも厭《いと》わねぇんだよな。

女に酷い目にあった話も、あんまり神殿関係者らしくもチェンジリングらしくもねぇし。答えを出せなくて思考が堂々巡りをする。

まあ、ズレすぎてて、ジーンをなんか違うと思ってるのは俺だけじゃないようだが。

当のジーンは、クリスの顎をちらちら気にしてたと思うと、ディーンの脱いだブーツを眺めて奇妙に顔を歪める。最初は割れた顎が珍しい地域の出かと思ったが、そっちに視線をやったあと、時々ノートに何かを聞きたそうに目を向ける。

クリスとディーンは能力的に精霊憑きだ。顎にもブーツにも変わったところがねぇってことは、見てるのは精霊か？　ノートの方を見るってことは、ノートの周りにも精霊がいるか、ノートも精霊が見えて、精霊について話をしたい、ってとこか。

料理や鞄もだが、ジーンが野営に持ち込んだ道具は快適だ。少々かさばるが、軽いし断然過ごしやすくなる。翌日の体調を考えるとぜひ取り入れたい。だが、真似しようにも素材がなんなのか判然としない。どっから持ってきた？　どこで手に入れて、どこで覚えた？

こいつといると混乱する、気になってしょうがねぇ。ある程度知っておかないと安心できねぇ、自分の性格が災いしているのは自覚してる。

俺が参加した前回の調査の時は、魔物の増殖はそれほどでもなく、蜘蛛《くも》の魔物の二本ツノが増えていた程度。倒すには少々厄介なのだが、性質的に大規模な移動はしない魔物だったこともあり、距離を置いて安全第一でゆっくり狩った。

今回はオオトカゲが大繁殖していた。硬くて狩るのが面倒な魔物だ。大きさのわりに素早く動くが、それはとても短い時間で、すぐにのっそりした緩慢《かんまん》な動きに戻り、移動距離も短い。だから大抵こっちが避けて放っておくのだが、さすがに今回は間引いとかないといけない。

あんまりたくさん同じ種類の魔物が存在すると、中から変異した強い個体が生まれるからだ。そうして生まれた強い個体が、氾濫の核となることもある。

何かの魔物が狂乱して街を目指すと、その狂乱は魔物たちに伝播《でんぱ》する。核となる狂乱した魔物に引っ張られるのは、そいつより弱い魔物がほとんどだが、もともと凶暴なヤツも混じる。伝播する狂乱は怒りだ、怒りに共感する魔物は当然ながら多い。

そして、なんでそうなるのかわかっていないが、足の遅い魔物も狂乱した魔物とほとんど同じ速度で走り出す。

定期的に調査して間引いてるんだが、ちょっと増え方が早いようだ。戦争で使い潰されてる精霊が多いのだろう。変異体はいないようだが、オオトカゲはすでに三本ツノが生まれていた。

この分だと、核となるような強い個体がどこかにいるかもしれない。

って、この皮……。随分解体し慣れてるな！　ちょっとは隠せよ‼

難易度が高いと思ってたオオトカゲを、あっさり解体してみせるジーン。生きている時は緑に茶色の斑だったが、死ぬと色が抜けて白くなる、それはジーンの鞄やシートにとてもよく似ている。

いや、うん。全員の視線が生温かいし、すでに事実として認識してるな。俺も追及はやめて、まるっと受け入れた方が楽なんだろうか。

ジーンは川に魚捕りの罠《わな》を仕掛けたり、拠点を整えたりと忙しい。流れのある川の中はともかく、大きな杭を打つのは規則的な音と地面を伝わる振動で魔物を呼び込みやすいが、周辺のオオトカゲはディーンたちが狩っている。漏れがあったとしても、走れば逃げられるし、囲まれない限りは大丈夫だ。

怖いのは、オオトカゲの縄張りをものともせずに侵入してくる魔物の存在だが、そっちは森の奥にいる限り、心配しても仕方がない。ヤツらは大きな音を立てなくても、足音や気配で寄ってくるからだ。だけど解体をしすぎたかな？　飛沫《ひまつ》を飛ばした覚えはないし、川に全部浸けているが、解体の最中は無臭というわけにはいかない。それが自分に染み込んだ気がする。

「レッツェ、そばに狐の魔物がいる。臭うものは始末しちゃってくれ」

「おう」

なんで狐だって特定できるのか、色々聞きたいことはあるが追及はやめた。こいつがいると言うならいるんだろう。でも鱒が増えて喜んだあとに言うことじゃない、先に言え。優先順位がおかしい。

打ち合わせしてあった通り、木の根元の窪みに滑り込んで隠れる。よりによって狐か、頭がいいし厄介だ。

「まあ、狐ならオオトカゲより柔らかいか」

「おい……っ」

隣で大人しくしていたジーンが立ち上がる。

ジーンが強いことは狼への対処で知っている。だが、持っている剣はカヌムで買える量産品だ。オオトカゲの中に入ってくるような魔物に、あの剣では無理だ。

そう思って止めようとしたが、少し広い場所に剣を抜いて立ったジーンは、恐れるでもなく前を見据える。おかしなことに、その背を見たら、焦り、不安で混乱した心が凪いだ。

その瞬間、飛び出してくる大きな狐。距離があるため、狐の動きが俺にも見える。あっさり躱して、再び飛びかかろうとする狐の喉に剣を突き刺すジーン。

真っ直ぐに差し入れられた剣は、狐自身の勢いも加味され、深く喉を切り裂いた。

「ぶっ！」

ちょっと見惚れていたら、現実に戻された。

「失敗した……」

「すごい！　二本ツノじゃないか！　しかも1人で！」

デカイとは思っていたが、狐の額にはツノが二本。狐は素早く、音を立てず、そして頭がいい。二本でも、オオトカゲの三本ツノより厄介な魔物だ。

「って、毒は⁉」

ジーンは頭から血をかぶってずぶ濡れだ。狐の魔物には通常毒はない、だが、好んで食っているものによっては、本来毒のない個体が毒を持つこともあるのだ。

それにしても、狼の時もそうだったが、戦闘中は油断がないのに、終わった途端に緊張感も終了するのはどうかと思う。

一体どうしたらこういう人間が出来上がるのか。

躊躇《ちゅうちょ》なく川に入って、ざぶざぶと自分を洗うジーン。変なところで大雑把、面倒くさがり、器用、物を作るのを好む、素直、身体能力が異常、精霊が見えているらしい、迂闊《うかつ》で結構お人好し。

さっぱり正体がわからねぇけど、助けられちまったし。

あとジーンは洗濯下手だ。

外伝2　遺跡探索ギル・ロックと日常

北の大地で釣り。

ずっと家の中で細かい作業をしていたので、広いところに来た。カヌムは暑くなってきたけど、ここは涼しいを通り越して肌寒く、広い場所は気持ちがいい。

高低差があまりないのに川の流れは速く、岩にぶつかり、空気を含む白波《しらなみ》をあちこちで立てている。上流の方で雪や氷が溶け出し集まって、一気に川を流れ下っているのだろう。

濃い緑の短い草で覆われた丘、紺色の強い流れ。抜けるような青空とはいかないけど、薄い白い雲がまばらに泳ぐ青い空。解放感でいっぱい！

これで釣れてくれればいいんだけど、あいにく釣りの腕には全く自信がない。流れが停滞しているところに投げ入れればいいのか、それとも瀬がいいのか。魚と、時間帯によって違うとか、そういうオチだろうか。

これ、誰か釣りのうまい人についてきてもらった方がよかった気がしてきた。でも、ここには【転移】で来てるからな～。いつか釣りのうまい誰かを攫《さら》ってきたいところ。

ここではキタカワマス――パイクと、ティックと呼ばれる魚が主に釣れるらしい。こっちって、なんで元の世界と名前が混じってるんだろうって思ってたが、俺が同じものと認識できるかできないか、同じようでもちょっと違うとかだなこれ。

パイクは俺の腕よりでかくて、顔が長い魚。淡水から汽水域まで生息するが、濁った淡水に住むパイクは魚体も黒っぽくって、肉質も淡水魚独特の癖のある臭いが強い。でも、汽水域なんかの綺麗な水に住んでいるパイクは、緑色がかった魚体でとても美味しい魚だ。

骨が多いのが難点で、骨切りして使う。すり身だんごにして、茹でてソースをかけたり、オーブンで焼いたふわふわのグラタンみたいにして食うと堪らないらしいので、ぜひ釣りたい。

ティックは、普段は銀色の背に白い水玉がある綺麗な魚だ。何より美味しいと聞く。秋になると、婚姻《こんいん》色で黒ずみ、腹部や胸びれ、腹びれ、尻びれは鮮やかなオレンジ色や赤色になる。でも今はまだ地味な色。そして釣れない。

あれです、やっぱり誰かに基本を教えてもらってからチャレンジした方がよさそう。太公望《たいこうぼう》じゃないんで、ちゃんと針はつけているのに釣れぬ。

こっちに落とされて、山の中で釣りをした時も釣れなかった。川も海も！　罠を作って魚と蟹は結局獲れたけど、食料を得る手段はたくさんあった方がいい。罠を仕掛けに降りられないような場所かもしれないし。

あとは銛《もり》突きかな。ちょっと、真っ直ぐで先を鋭く削れるような木がないから試せないけど。

よくよく見ると、川の中に悠々と泳いでる魚が見えるんだよ……っ！　釣れないけどっ！

仕方がないので、またフードをかぶって市場にお邪魔。２種類とも購入！　ティックは鑑定の結果はイワナ属で、とても美味しいと出る。バターで焼いてムニエルにしようか。

ティックを２匹。結構大きな魚なので、アッシュと執事を夕食に招待。

「これはティックでございますか？　寒い地域に生息する魚と記憶しておりますが……」

執事、料理したあとの魚でわかるのすごい！

「そうなのか？　買ったやつなんだけど」

嘘は言っていません。

アッシュにはもっと怪しい苺とか色々出しているので、魚くらいでは動じない。魚じゃなくても動じてなかったけど。

「上品な味だ」

ティックはサーモンより癖がなく、しっとりした感じ。初めての魚だったので、シンプルにバターで焼いて黒胡椒をたっぷり、レモンを添えた。隠し味にちょっとだけ醤油。付け合わせは茹でた人参とインゲン、アンズタケのクリーム焼き。クリーム焼きと一緒に食っても美味いな、クリームソースでもよかったかも。

少し固めのパンを薄く切って、焼いたものにオリーブオイルをつけて食べる。

『食料庫』のパンは食パン、バターロール、フランスパン。甘いパンはあまり好きではないので、これで足りてたが、こっちに来てから色々なパンを買ったり焼いたりするようになった。日本と違って湿気が少ないせいか、なんかパンが美味しい気がする。

ご飯も大好きだけど！　炭水化物は罪の味だ。

「……白ワインとも合いますな」

執事もどうやら追及を諦めたようだ。

ワインは執事の差し入れで多分美味しいやつ。酒の味はまだ辛い甘い程度しかわからないけど、水代わりに飲む安いやつとの差は歴然なので、いい酒ってことはわかる。

食事と酒を楽しむ穏やかな時間が流れる。

北方での釣りがイマイチだったので、今日は東南の方に来てみた。【転移】は便利で、気ままにふらふらしている。基本は晴耕雨読《せいこううどく》、晴れた朝は畑をいじり、昼に出かけ、雨が降れば家で読書をしながらゴロゴロし、時々足元のリシュを撫でて過ごす。

あんまりふらふらしすぎて、あちこち手をつけて色々まとまっていないのは見ないふり！

そのうち全部完成する、完成するはずだ。

まだ竜の飛ぶ大陸にゆくには力不足な気がするので、森の中を移動中。カヌムから随分離れ、植生もだいぶ違う。木々はちょっと頼りないくらい細く、地面は乾いて、先が枯れた細長い草がまばらに生える。何より暑い。周囲の精霊に名付けを行って、周辺の情報を集める。人がいたら面倒だし。うん、人の姿はない、と。

何かめぼしい遺跡とかあるかな？　お？　あるそうです。全世界的には火の精霊の時代、この辺的には石の精霊の時代に作られた都市の跡があるとのこと。

王であった実父を殺害し、自らが王位についたシャパ王。念願の王位を手に入れたものの、親殺しの自責の念から、かつて父の夢であったギル・ロックの宮殿を建築。でも、そこでの暮らしの中でも自責の念は消えず、常に怯えて政《まつりごと》もうまく行かなかったそうだ。そしてある日、追放した弟が大軍を率いて攻めてきて、自ら命を絶ったとか。

シャパ王の母は平民で、弟の母は王族の血筋だったのだそうだ。父王を殺したのに、弟を追放だけで済ますって、他にも何かドラマがありそうだな。

そのギル・ロックの跡地が森にほど近い場所にあるという。

精霊がちらちらと周囲を回って注意を引いてくる。俺がその精霊を目で追うと、顔のやや右手で、じゃーんっと言うような感じで手を広げる。手の先には巨大な岩山。山といっても上が平らな、あれだ、テーブルマウンテン？

ほど近いというか、見えてた。どうやら、前方に見えるあの岩山がその遺跡らしい。

岩山を目指して進む。

ギラギラと照りつける太陽、乾燥した空気、体温より高そうな気温。ローブのフードをかぶって顔に日陰を作り、水を飲みながら進む。日陰が欲しいが、ひょろりとした木も少なくまばらになってきた。あるのは細かい枝が絡み、よじれた木。

途中、干上がった川の跡を見つける、岩山の方に続いているようだ。遭難した時、干上がった川を遡れば、水を手に入れられる可能性が高くなる。でもこの世界、精霊が水を湧《わ》かせていた場合というのがあって、細い川の跡は頼りにならない。特にこの川の跡は廃棄された都市に続いてるっぽいしな。とっくに精霊は去り、上流の水源も枯れているだろう。

ファンタジーのくせに世知辛い罠を張ってきやがる。今の俺は【収納】にたっぷり色々詰めてあるから安心だけど、自分で出した水が手に入らない予測に、つい最初の異世界生活を思い出して腹を立てる。

出てくる魔物は野鶏《やけい》、コノハズク、クマタカ、蛇。目がでかくて尻尾が太く長い、リスと猿の中間っぽいの。他はともかく、野鶏は鶏だから美味しいよね？　積極的に狩っておこう。

野鶏はその名の通り、野にいる野生の鶏。ここの野鶏は、雄《おす》は赤い鶏冠《とさか》のつけ根が黄色く、金茶色の首回り、青味がかった黒の尾羽で派手め。雌《めす》は茶色くて胸のあたりの羽だけちょっと薄い、地味な色合い。

魔物化した野鶏は、鶏冠と嘴《くちばし》の間から立派なツノが出ており、何よりでかい。草むらに隠れる必要がないためか、俺の膝を超えるデカさ。三本ツノに至っては、俺が乗らされそう。いや、あの、丸焼きにするの大変だから、そんなに大きくならなくていいんですよ？

魔物は滅多に番《つが》わないって聞くけど、野鶏はどうも違うようで、雄1匹に雌2匹くらいの集団で襲ってきた。明らかに顔というか目を狙ってくる野鶏の雄。雌は雄の攻撃に合わせて、膝のあたりに蹴りを入れてくる。

後ろに下がって『斬全剣』でまず雌を1匹。野鶏の首は見た目よりも伸びるので、回避の距離は多めに取る。飛べない代わりに足の筋力は大したもので、蹴りもバカにできない。多分食らったら骨が砕けるだろうし、鉤爪《かぎつめ》がかすったら肉がえぐれる。

苦戦する相手ではないけど、首を落としたのにそのまま走ってくのやめてくれ！　怖い！

ある程度狩ったら、また岩山を目指して歩く。途中、ひょろりと細い木を見つけて、棒を入手。足元には魔物以外の毒蛇も3種類はいる。気配がある場所にそっと棒を向けると、噛みついてきたり、毒液を飛ばしてきたり。魔物は斬って、普通の毒蛇は棒で脅して追い払う方向なんだが、普通の毒蛇も結構、好戦的ですよ……っ！

木の枝の低い場所とか、ちょっと草がよれているような場所を、棒の先でかき分けて確認し、野鶏の卵を失敬する。魔物とはいえ、根こそぎにするのはなんなんで半分は残す。大きくなって美味しいお肉になってくれ。

近づくと一段高い場所に岩山がある。どうやらそこは、昔の誰かが頑張って整地した場所のようだ。大昔は掘だったもので囲まれてた跡があり、巨大な石の間にある狭い階段を登って都市に入る仕組みのようだ。弟君が攻めてくることを想定していたのか、守りが固い。

階段を抜けると広い庭園になっている。今は黄色い枯れ気味な草が生えてるだけだけど、精霊の記憶では美しかったらしい。麓には夏の、岩の上には冬の宮殿があったそうだ。

庭園内部には王の沐浴場《もくよくじょう》、僧が説法をするための岩場、薬草園、水路、貯蔵施設、花を咲かせる木々。

水路の跡は今では見つけることが難しく、建物は基礎と壁の一部が残っているだけ。土を運んで入れたらしいが、その土も流れ出し、半分は岩肌が覗いている。俺が通ってきた、都市に入る前の平地も昔は畑だったらしいのだが、今は乾いてしまって他と見分けがつかない荒野だ。

崩れた石段を登り、岩山に着くと、今度は岩の割れ目に張りつくようにある崩れかけた階段。随分と隙間があり、ズレているようなので、棒でつついて確認しながら進む。全部一度に落ちるってことはないと思うけど、勾配がきついから、バランスを崩したらやばい。滑り落ちる羽目になったら、棒を横にして左右の壁に引っ掛ける方向で。ちょっとドキドキする。

火の精霊の時代、このあたりは今より乾いた土地だったらしい。巨石の精霊がいても大地は潤わないしね。でも、シャパ王が王都をギル・ロックに移すと、精霊が集まったそうだ。精霊曰く、いい匂いだし、居心地のいい家だったから！　とのこと。精霊に好かれる王様だったのかな？

精霊は精霊の価値観で話す。時系列がばらばらだったり、重要視するものが人間と違うので、突然川を流れる葉っぱの話が挟まったりする。特に固有名詞が飛ぶんで、話を引き出してまとめ上げるのに結構時間がかかる。

階段を登り終えて、今度は細い通路を進む。外には太陽が燦々《さんさん》と照っているはずだが、なにぶん岩に阻まれているので薄暗い。でも、全部が全部自然の岩ってわけではなく、獅子《しし》の形に加工してあるため、ところどころに明かり取りの穴がある。時々崩れた大穴も。

通路を進むと上半身裸の女性の姿が、オーバーハングした岩壁にたくさん描かれた場所に出た。岩壁の向かいには、俺の背丈の倍近い崩れかけた壁。昔は磨き上げられた壁で、向かいの女性の絵を鏡のように映し出していたんだそうだ。切れ長で瞳が小さい異国の顔立ち、髪を結った頭を覆うような冠をかぶった大勢の女性たち。今は色あせてところどころ欠けているけれど、かつてはもっと色彩豊かだったのだろう。その頃を思い浮かべる——俺の感覚からすると、ちょっとこの回廊《かいろう》、怖いです。

精霊たちの観光案内に耳を傾けると、この絵は通る人をチェックする仕組みだそうで……。具体的に言うと、壁画の女たち全員に見られる、らしい。この目が動いて一斉にギロリと見られたら怖いです。よかった、壊れてて！

遺跡の中に出る魔物は、蛇と蜘蛛がそれぞれ数種類。時々野鶏が突撃してきてそれらを食べている。三本ツノが通常運転、この遺跡に特化したのか、驚くほど大きいってことはない。

魔物同士の食物連鎖《しょくもつれんさ》か、普通の動物と変わらないな～と休憩がてら眺めていたら、蜘蛛が大量にわらわら寄って野鶏を逆に狩り始めたので、やっぱり普通とはちょっと違うようです。

カヌムの側の魔の森では、魔物同士はお互い距離を取ってる風だったな、そういえば。何か違いがあるのだろうか？　単に共食いしなくても人間という餌が来るからだったりして。

通路を出た先は、テーブルマウンテンの平らな上部。ここにも石組みの跡があり、区画整備された跡がある。手前が街の跡で、奥の石積みが少し厚そうな場所が宮殿跡かな？

宮殿跡の真ん中に巨大な石の獅子、その腕の間にさらに上に登る階段がある。爪が強調されていることからして、顔もきっと勇ましかったのだろうけど、出っ張ったとこって壊れやすいよね。そういうわけで、顔は下に転がって割れたのか、失われている。元は弟のいる都市の方向を威嚇《いかく》するように見据えてたんだって。


「……人間」

「人間」

「人間だ」

「何年ぶりぞ？」

「１００年は経っておろう」

「いや、千年……」

「人間！」

「何にしても久しぶりよ」

「おう、久しぶりよの」

「我は心臓を一口」

「我は肝《きも》を一口」

「我は脳を一口もらおうぞ」


小さな声がさざめき出したかと思うと、どんどん大きくなってゆく。しかも言ってることが不穏《ふおん》!!

「明かり」

さすがに薄暗い中じゃ分が悪いし、そして何より不気味すぎる。

「おうっ！」

「ひっ」

小さな悲鳴がそこかしこから上がって、黒い波が引くように石の陰に隠れる。そして隠れ切れてないダンゴムシ。

いや、うん。いっぱいいいるけど、棒でつつくと一斉に丸まるんですが。

「痛い！」

「痛いぞ！」

「やめろ！」

いかん、弱いものいじめだ。

「おう、ようよう立場が分かったか！」

「心臓を一口齧らせろ！」

「……」

無言でつつくのを再開する俺。

「あ、やめて、やめて」

「丸まっちゃう」

「丸まったのにつつくなんて……っ」

「いやあああっ」

いやあじゃねぇ！！！！


「……で？　お前ら何なの？」

つつきまくって相手が大人しくなったところで聞く。あちこちの陰からビクビクと心配そうにこちらを眺めている気配がたくさん。

「我らは火の民に虐《しいた》げられた精霊の末」

ああ、精霊は精霊でも黒い精霊ね。

「仲間と共にここまで辿り着き、傷む体、こぼれ落ちる力を止めるために、生き物の体を乗っ取ったのだ！」

……一斉に乗っ取ったのがダンゴムシで、ダンゴムシの魔物になったのね。

「黒光りするこの体は強い魔物の証！」

ああ、うん。よくよく見たら確かに目の下だけでなく、全身に黒が回ってるな。だけどその言い方は、別の虫を想像するからやめておけ。

「精霊が去って、それでもこの地にやってきた馬鹿な人間ども」

修道院がしばらくあったとか言ってたから、それか。

「寝ている間に一口」

「脳みそは齧っても痛がらぬからな」

「記憶と知識をいただいて、人の訪いがやまぬよう一度に食うことはせずに、ゆっくり食らってやったのよ」

ダンゴムシの魔物のわりに人間ぽいというかよく喋るのは、元の精霊が賢いというより、人間を食ったからか。

「人間は、同じ者の言うことはよく聞くからのぅ」

「寝ている間に耳から入って、脳を一口齧って納まっておれば誰も疑わぬ」

「愚かよのう」

同意したのか、笑うような小さなキシキシとした音が、そこかしこから聞こえてくる。

殲滅しといた方がいいかな、こいつら。

「お主は別じゃ！」

「頭がいい！」

「賢いぞ！」

俺の思考を悟《さと》ったのか、慌てたように言い足すダンゴムシ。

いや、俺が賢いというより、寝ている間に乗っ取るみたいな戦い方してたのに、出てきちゃったのが馬鹿なんだろ。

「だがもはや人から忘れられた土地、食う相手がおらぬ」

「食い尽くしてしもうた」

「久しぶりに馳走じゃと思うたのに」

「心臓を一口齧れると思うたのにのぅ」

「肝を一口齧れると思うたのにのう」

心底残念そうに言うダンゴムシ。

うっかりご飯と肉と、キャベツの千切りを思い浮かべた。山の中に飛ばされて、ろくな食事をとれずに過ごした日々。そのあとに食った分厚いサーロイン、大きく頬張《ほおば》って肉の味が広がる口に、炊きたてのご飯を詰める。

「お前らの代表とかっているの？　全部平等？」

「我らは全体であって一部、一部であって全体」

「個別でも動けるが、全体の意思と繋がっておるのよ」

「1人はみんなのために、みんなは1つの目的のために」

いや、ダンゴムシにそれを言われると困惑する。

「ただ、意思を統合しているのは我だ」

のそりと出てきた、他と比べて大きな個体。外殻《がいかく》は黒鉄のように鈍く輝き、魔物にありがちなイボがない。魔物は力をつけると目の下のイボと皺の寄った黒が広がり、やがて全身が黒く染まる。染まったあとにさらに強くなると、容れ物にした動植物の姿か、元の精霊の姿を引き継いだ美しい姿に戻るという——初めて会った上位の魔物はダンゴムシでした。ツヤツヤですね、美しさの基準について、執事あたりと語り合いたい。


ダンゴムシは契約で縛った。うっかりお腹が減ってることに同情してしまった俺がいる。魔物化した黒精霊を縛ることができるか、実験的意味もあったとしておこう。ちなみに、魔の森で数回試したんだけど、ウサギとか熊はダメだった。ある程度強い魔物じゃないとダメなのか、意思がないとダメなのかはまだわからない。感覚的には前者かな。

契約で縛ってわかったのは、ダンゴムシは元は1つの精霊だったこと。精霊の中には、強くなると増えるタイプがいる。どうやらそのタイプだった模様。

「なるべく人は襲わないように」

「なるべくでよいのか？」

「なるべくでよいのじゃな？」

「こちらから襲わねばよいのじゃな？」

俺の言葉にざわめくダンゴムシ。

「反撃するなとは言わないし、縄張りに入ってきたら出ていくよう何かするのも止めない」

攻撃してきた方の自己責任でひとつ。魔物相手に攻撃をやめる人は珍しいかもしれんけど、ダンゴムシにもただ蹂躙されてろとは言えない。

「ただ、俺がその場に居合わせるならともかく、わざわざ遠くから助けに入ることもしないぞ」

いわゆる放し飼いだ。

「おう、おう」

「我らは1つ2つ潰されようとも大丈夫だ」

「1つ無事ならまた増えられる」

「増えるぞ」

「増えるぞ」

あれ？　もしかして結構厄介な魔物だったか？　丸めただけで、潰さずにつつきまくったのがよかったのか？　これ、1匹倒したら全部倒すまで戦うことになっていたかも。

「ダンゴムシを見かけたら、我らを思い出して魔力を」

「思い出して魔力を少々」

「魔力を送れ」

「それで空腹は満たされる」

「体を焼く恨みがなぜか薄らいでおる」

「人を食う考えが薄れた」

「人を食うことに縛られた心が薄らいだ」

「不思議よのう」

「不思議よのう……」

【解放】効果？　魔物を凝り固まった恨みから解放する効果もあるのか。

「腹が空いたら、魔物を齧ろうぞ」

「人がダメなら魔物を齧ろうぞ」

「人を齧るほどではないが、強くなる」

「人を齧るほどではないが、美味い」

「魔物を襲おうぞ」

「我らは増える」

「我らは強く」

ざわざわと囁きが広がってゆき、不明瞭になってゆく。

変なものと契約したかもしれないが、もう会うこともないだろう。この遺跡は1回見れば満足だし、また来る要素がない。


ダンゴムシをあとにし、階段を登り切った先は獅子の背。遮るもののない見晴らしのよさ、こころなしか地平線が丸い気がするくらいだ。

どうもこの世界は、破壊、繁栄、崩壊、発展を繰り返しているようだ。遺跡から想像される元の姿が、今の姿とそう変わらない。

——神々の話からしてそんな感じだったもんな。あんまり人間がやりすぎて精霊の数が少なくなったり偏《かたよ》ったりすると壊れ、かといって精霊だけの世界になると何の変化もなく緩慢に滅びてゆく。

でも精霊はその緩慢な滅びを、物質世界《おれのせかい》から何かを喚び込むことで解決してる。あとはおまけ。

この世界、色々作ったり変えたりするのは人間だけど、基本的に精霊の世界《もの》なのかもしれない。

崩れたライオンの頭部付近に残った石の陰に納まり、昼にする。

メニューは野菜カレーと羊の焼き串、苺ラッシー。カレーに入れた野菜は茄子にシシトウ、

ズッキーニ、トマト、パプリカを大きめに切って素揚げしてある。ナンにしようかとも思ったけど、今日はご飯！　うん、トマトの酸味がいい感じ、油と茄子ってなんで相性がいいんだろうな？　少し辛めなのはラッシーを飲んで緩和する。

こんがり焼き上げた羊は、火からおろしてすぐに【収納】した熱々。熱で脂が滲《にじ》むところにスパイスを振りかけて、豪快にガブッと。外カリッカリ、噛みごたえがあって、ラム独特の風味はあるけど、臭みはない。スパイスにはこちらのものを混ぜている。『食料庫』のものの方が甘かったり可食部が多かったり癖がないのだが、味の濃さと香りの強さはこっちの世界のものの方がいい。まあなんだ、野性的な味です。

誰もいない忘れられた遺跡で広い世界を堪能し、日陰で空を眺めてゆっくりする。畑の世話とか、山の手入れとか、思ったよりやることは多いけど、自由気ままだ。

さて、帰るか。帰りは【転移】で一瞬。


夕方、リシュとそろそろオレンジ色に染まる山を散歩。全く見知らぬ場所もいいけど、慣れた場所を歩いて、新たな発見をするのも楽しい。

朝にあまり構わなかった畑の様子も見て、ちょっとお手入れ。玉ねぎの根元の土をほぐして苗に寄せて、豆を砕いた肥料を撒く。根の張りがよくなり、追肥《ついひ》と周りの土の養分を寄せてやることで元気に育つ。

夕食は昼間思い出した、サーロインステーキと熱々のご飯と千切りキャベツ。自分の畑で採ったこっちの野菜を少々。

ちょっと畑の野菜は失敗した。ルディとかいう、見た目はセロリとフキの中間みたいなやつなんだけど、筋っぽい。30センチくらいの時は美味しかったんだけど、育ちすぎた。何かで覆って日陰にしてやれば柔らかく育つかな？　次回の課題にしよう。

食後にコーヒーを淹れて、アーモンドや胡桃を暖炉で焼いて食べる。読書をしながらといきたいところだが、暖炉の端で殻ごとローストしてるので、火加減を見たり焼き具合が気になって仕方がない。読書をする時は、大人しく【収納】から出そう。

いい具合に焼けたら火挟《ひばさみ》で木皿に移して、胡桃割りで割って食う。胡桃割りはしなりのない固い木を2つ合わせたもの。アーモンドも殻つきで焼くとちょっとオツな感じ。素朴なおやつだが、香ばしく焼けたところを口に入れると堪らない。


翌日は人恋しくなって、アッシュを昼に誘おうかと訪ねたら、残念ながら留守。多分朝から熊狩りに行っている。代わりにギルドの酒場で飯を食ってたレッツェを捕獲できた。ちょうどいいので、カヌムの借家の手入れを手伝ってもらう。

職人に下水関係を整備してもらって、壁と床、屋根は体裁を整えた。あとは個室の建具とか、地下の貯蔵室の整備なのだが、その前に屋根裏の天井に手を入れたい。

具体的には剥き出しの梁や、瓦を留める横木、見えている木材に腐食防止用の塗料を塗る。塗料は買ったものなので何かわからんけども、重ね塗りすると濃い焦げ茶色になるやつ。

「上を向きっぱなしって結構きついな」

梯子を2つ並べて上から2段目に板を渡し、その上に乗ってさっさっと刷毛《はけ》を動かし、塗る。降りて梯子を動かすのが面倒で、めいっぱい上体を伸ばす俺。

「お前、顔につきまくってるぞ」

部屋の反対側で、同じように板の上で作業していたレッツェに指摘され、首に下げてた手拭いでゴシゴシと拭う。

「ますます酷いことになってるぞ。煙突掃除の子供かよ」

レッツェは面倒がらずにマメに梯子を降りて動かしている。

「えー」

「いいから洗ってこい。これ、染み込むとなかなか落ちねぇぞ」

そう言われて慌てて洗いにゆく。井戸で水を汲まなきゃいけないので面倒だ。

「レッツェ、飯は何がいい？　そろそろ終わって飯にしよう」

ちょうど夕食の準備の時間だ。決して梯子に戻るのが面倒になったわけではない。

「あー、任せる。俺の知らねぇ料理もやたら美味いし。もうちょっとで終わるから仕上げてから行くよ。ちょうどできる頃だろ」

レッツェには、無料の代わりに夕食と酒を提供することになっている。

「ありがとう、任せた」

これは腕を振るわねばなるまい。

カヌムの家は、改装中の借家の裏口を出てすぐだ。一応、ここで作った方がいいだろう。任されたのはいいけど、あんまりこの世界にない食材を使うのもまずい。当然ながら和食は食べ慣れないだろう。とりあえず洋食で行く予定だ。

まずカブとカボチャを鉄鍋に入れて窯に放り込む。焼き野菜は定番だ。何かリクエストがあったら変更しようと思ってたけど、アッシュと執事に食べさせるつもりだったメニューでいいか。

メインは牛ほほ肉の煮込み。これは仕込んだものを入れた壺が朝から暖炉に待機中。

壺の中身は赤ワインと香草、玉ねぎ、人参、セロリなどの野菜を炒めたものと牛ほほ肉の塊だ。壺から肉を取り出し、残りを笊にあけて煮汁と野菜に分ける。

布巾《ふきん》で野菜をぎゅっと絞って旨味《うまみ》を煮汁に落としたら、鍋に煮汁と肉を移し、マッシュルームみたいなキノコと小玉ねぎを加えて火にかけ、砂糖を少々、塩と胡椒で全体の味を調《ととの》える。

で、これを鍋ごと暖炉に移動させて煮込む。

煮込んでる間に副菜。ルッコラと生ハム、茹で卵のサラダ――色味が地味だな。トマトはレッツェにバレてるからいいとしよう。オリーブオイル、パルメザンチーズはたっぷり、バルサミコビネガー、塩、ブラックペッパー。茹で卵はこそっと野鶏の卵だが、一本ツノの卵が普通サイズに近いのでバレまい。多分。って、茹で卵が半熟に！　まあいい、これは俺のにしよう。そっと卵をお湯に戻してなかったことにする俺。あれです、卵の殻が丈夫で、思い通りに火が通らなかったようだ。

カヌムの住人はキノコが好きだ。こっちは初夏からキノコが多く採れて、真夏にちょっと減るものの、また秋になって大量に出回る。しばらく好天が続いたあと、まとまった雨が降ったので、森はキノコがにょきにょきと生えているらしい。

そういうわけで、さっき熊狩りから帰ったアッシュに、セプというキノコのお裾分けをもらった。これをスライスして、ニンニクとエシャロットで風味づけしたオリーブオイルで炒める。パセリを少々、白ワインをじゅっ。

「片づけもやっといたぞ」

「うを！　そこまでやってくれたのか。ありがとう」

準備ができたと呼びに行ったら、レッツェが刷毛《はけ》を洗って干してるところだった。

「苦手なもの聞いとくの忘れたけど、嫌いなものあったか？」

「ゲテモノじゃなきゃ平気だ」

手を洗おうとするレッツェに、桶を傾けて水を流しかける俺。この場合、刺身とかはゲテモノに入るのだろうか？　まあ、今のところ出す気はないけど。あとで、肉のカルパッチョから始めてみよう。

家まで移動して、1階の居間に招き入れる。

「ジーンの家は、どこから運び込んだのか知らねぇけど、色々揃っているな」

うっ！　あんまり突っ込まないでください。陶器も鍋も、現地に行って買ってきたやつばっかりなのだ。

「まあとりあえず1杯どうぞ」

スルーして赤ワインをなみなみと注ぐ俺。

「あ、こら。これいい酒だろう、そんな満杯に！」

おっと、こっちは水代わりに薄い酒をがぶがぶやるもんだから忘れてた。グラスに香りが広がるスペースを残すんだっけか。でも陶器製のカップなんだが。グラスもあるけど、気を使ってこっちにした。カヌムでグラスって見かけないから。俺は怪しくない、怪しくないヨ。

「すまん、すまん。あとは手酌《てじゃく》でやってくれ。残ったら持ってってていいから」

一応、持ち帰り用にもう1本出して、食卓には2本のワインが並んでいる。


「うわ、うめぇ」

牛ほほ肉の赤ワイン煮込みは好評。大きな肉の塊はスプーンで切れるくらいに柔らかく、肉の味がスープに染み出し、肉にスープの味が染み、とても美味しくできた。

「おお、セプだ。明日あたり俺も採りに行こう」

セプも好評。やはりキノコは鉄板のようだ。

「なんだ、このソース」

焼き野菜にヴァーニャカウダも好評。この辺にアンチョビないけど、原型がないからバレない。

「って、これは野鶏の卵か？」

即バレしたのはなぜだ!?

いや、大丈夫、それはこっちの世界の食材だ。ただ、カヌムに出回ってないだけで。話を聞いたら、城塞都市周辺にも野鶏が出るそうで、そっちで食ったことがあるんだって。

「なんというか、美味かった。何を食わされてるのかちょっとわかんねぇとこあったけど」

パンの残りでワインを飲みながら言うレッツェ。

「大丈夫、ゲテモノは入ってないから」

「いや、俺からすると固まってない卵はゲテモノなんだが」

本日のハイライトは、俺のサラダに載った半熟卵がとろーりするところでした。こっちでは生は食わないんだろうなとは思ってたけど、まさか悲鳴が上がるとは思わなかった。ほんのり甘い黄身がねっとり絡みついて、生ハムの塩味といい感じだったんだが。こっちの人が卵かけご飯を見たら卒倒しそうだ。

色々鋭いレッツェだが、俺がダンゴムシの主人になったことはわかるまい。いや、俺自身も冷静に考えるとわかりたくないけど。

まあ、あの遺跡に留まってる限り無害だし、俺と関わり合いにならないから……。

次回から、ちょっと考えて契約しようと思いました。

外伝3　世界の仕組みの一端

「そういえば、俺って元の世界ではどういう扱いになるんですか？　行方不明でしょうか？」

ふと気になったことをカダルに聞く。

作り始めた畑は、サイクルが短い野菜だけあって結構畑らしい。少し遅れて果樹を植え始めたんだけど、こっちは成長が年単位の木だけあってまだまだ。

桃栗3年柿8年、柚子《ゆず》の大馬鹿18年、だ。物事は一朝一夕《いっちょういっせき》でできず、それ相応に時間がかかるものという教えなんだろうけど。

結構時節を無視した無茶な移植もしているが、それでも1本も枯れることなく元気に枝葉を伸ばすのは、カダルが時々様子を見ているからだろう。カダルは緑と魔法、秩序を司る精霊だ。漏れ聞こえてくる話を総合すると、元は樹木の精霊らしい。今も俺が作業をしているそばで、オレンジの木に1つ2つついた小さな葉と同じ緑色の実を愛でている。

季節は秋の初め、こっちに来てだいぶ経っているのに今頃気になった。我ながら元の世界に未練を感じない。

来た当初は状態が状態だったので、安全で温かい食事と寝床がある日本に帰りたくてしょうがなかった、だが、こっちでそれが手に入ったら、途端にどうでもよくなった俺がいる。

なんの準備もなく山の中に放り出されたからな。幸い花火見物用の荷物を抱えていたお陰で助かった。多分あれがなかったら、水や寝床、火の確保が済む前に力尽きていたと思う。

あの生活のお陰で、神々に望んだ能力が完全に生活中心になった。安全で快適な住処はもちろんのこと、乾いた薪を確保するのが大変だったので尽きぬ薪を望み、キノコを前に悩んだせいで【鑑定】を望み、小枝や木材を切るために『斬全剣』を望み、食料の確保がままならなかったせいで『食料庫』を望み、そして尽きぬトイレットペーパーを望んだ。

『食料庫』の食材を充実させるために寿命の大部分を使ったことも、全く後悔していない。お陰で寿命3分だった姉たちと比べて、まるまる寿命が残っていたにも関わらず、戦闘能力的には一段下のものになったけど。

「……もともといなかった——ことになっておるはずじゃの。そなたや勇者たちは、存在ごとこちらに来ておる」

おっと、カダルから答えが返ってきた。

ニュアンス的に、存在とは物理的な体というわけではなく、「そこにいたこと」自体っぽい。

どうやら俺はあっちの世界で、最初からいなかったことになっているらしい。

「では、こちらの世界の何かがあちらに行っている可能性もあるんですね？」

神々の目的は、あっちの世界とこっちの世界を一瞬だけ繋げること。その手段が勇者召喚なだけで、勇者や巻き込まれた俺がこちらの世界に来てしまうのはおまけのようなものと聞いている。

でも「なかったこと」になっているなら、もしかしたらこちらの世界からもあちらの世界に何かが行って、こちらの世界でまるっとなかったことになっているのかもしれない。

「なるほど、もしかしたら我らも誰かを失《な》くしておるのかもしれぬな」

カダルが呟く。

思考に沈んでしまったカダル。黙ったまま、『食料庫』のオレンジの種から育てた若芽に目を向けている。若芽はこちらのオレンジと並び、ただ天を目指して枝を伸ばす。

俺は全ての縁を切って捨て、新天地でやってゆく準備をしていたところだったので、忘れられようが、なかったことになっていようがどうでもよかったんだけど、冷静に考えたら怖いな。

隣にいた誰かがいなくなっても気づかない。ああ、でも俺がこっちで認識されづらくしてもらったのって、それの応用な気も……。どの精霊の能力なんだろう？　複合かな？

まあいいか。こっちで大事な人ができたら考えよう、今の俺には悩む理由がない。

固まってしまったカダルに挨拶を残し、納屋へ。

手伝いをした農家でトウモロコシをもらったので、干しておくことにする。大きな背負い籠に半分くらいのトウモロコシ。包葉《ほうよう》をばりっとやると、赤紫の実がびっしりなトウモロコシが姿を現す。もらってきたのはこれと、白と赤紫の斑なやつ。もらわなかったけど、粒が小さくて固いやつもあったが、そっちは飼料用らしい。

ディノッソ家でもらったものに、薄黄色は日本と同じだけど、2列ずつ4ブロックの、8列しかないトウモロコシもあったな。こっちのトウモロコシは結構種類が豊富なようだ。

ああ、でも赤とか黒とかのトウモロコシって南米の家に連ねて干してある映像を見たことがあるような? 原種に近いのかな?

【鑑定】したら、真っ赤なやつはポップコーンにできるとのこと。なお、皮が固すぎて、茹でてそのままかぶりつくのは無理! 干して粉に挽くのが正しいようだ。【鑑定】は料理方法も出るので便利。

べりべりと剥いて茎に残った包葉同士を縄で結び、納屋の軒下にぶら下げる。うむ、農家っぽいぞ!

これは来年植えて、『食料庫』のスイートコーンと交配させよう。トウモロコシは放っといても交雑してしまいそうだけど。うちの山から半径500メートルは麦畑さえ引っかからないから大丈夫。人さまの畑に迷惑はかけないはず……。

「つつくのはいいけど、全部こそげ落としたりしないようにな」

干されたトウモロコシに興味津々の精霊たちに釘を刺すと、びっと敬礼してくる。

虫や鳥の被害はないんだけど、精霊による被害が時々明後日の方向であるからな。それを差し引いても、恩恵に与かってたり、手伝ってもらってることの方が多いからいいんだけど。

森で黒い精霊をきゅっと捕まえる。締め上げながら契約して、完了するとぺっと捨てて次を捕まえる。捨てられた黒精霊はなんか呆然と地面にへたり込んでたりするが、構っていられない。

目につく黒精霊は捕まえねば!!

「いや、お前、酷くないか?」

「えっ!?」

せっせととっ捕まえていたら、隣にヴァンがいた。俺は結構な勢いであっちに行ったりこっちに行ったりしてたのに、隣に、だ。ちょっとびっくりした。

何でここに、何か酷いの? 立ち止まってヴァンを見つめる。

「いや、そんな顔で見られても困るのだが……。普通は使うために契約をするのではないのか?」

「普通の精霊も、ほとんど名付けてるだけですが……?」

「ああ、それは我らの頼みごとだったな。――すまん、続けてくれ」

よしきた、合点！

「ジーン、待て。ヴァン、そなた弱いのぅ」

ハラルファも現れた！　呼び止められたので、走り出そうとしたのをやめて向き直る。

「ジーンの言葉で、精霊と恨みに凝《こご》った精霊との差を考えた。あいにく、俺には堕ちた精霊を除外しろとは言えぬ」

「言いに来たのはそれではないであろうに。ジーン、契約は好きにして構わぬが、本来精霊との長き契約では精神を蝕《むしば》まれるもの。堕ちた精霊ともなればなおさら。そなたは【精神耐性】があるゆえ影響はなかろうが、覚えておくがいい」

「契約した精霊の影響は、同じように契約している他の精霊たちにも及ぶ。我らなれば影響はないが、小さき精霊のことを考えるならば、堕ちた精霊との契約は正常な精霊の半分程度に留めよ」

「承知しました」

大きな力を持つ精霊さえ、長い年月の間に変質する。カダルのように人のイメージが影響して、新たな属性を持つことさえある。

小さな精霊は、朝に生まれて夕べに消えてしまうほど、生まれやすく消えやすくて不安定。

契約するとちょっと安定するらしいけど、影響を受けやすいのも当然だ。

もっと細かな精霊もいるけど、それらは存在が淡く、名付けさえ難しい。

まあ、名付けで順番待ちしてる精霊と、とっ捕まえなきゃいけない黒精霊とじゃ、効率が全く違うので、注意しなくても黒じゃない精霊の方が多いけどね！

でも、せっかくヴァンとハラルファが心配してくれたのだ。黒精霊を捕まえた日は、必ず他の精霊の名付けも行うことにしよう。

「なぜ堕ちた精霊と契約をするのか理解に苦しむが、俺が眷属を含む精霊を食うことを、禁じてくれたのは礼を言う」

真面目に礼を告げてくるヴァン。

「捕まえるだけ捕まえて何も命を与えぬとは、黒き精霊も予想ができぬであろうよ」

面白そうに喉を鳴らすハラルファ。

「それにしても、これだけ名付けると魔物が減るのではないか？」

「勇者が増やしておるからのう」

「魔物との契約ならば、魔王を目指すのかと聞くところだが、堕ちた精霊となると呪術か？　暗黒魔法か？」

暗黒魔法ってなんだ？　そんなのがあるのか？

「傷ついておるのを放っておけぬのじゃろう？」

「いえ、単なる日課か条件反射です」

最初は色々考えてた気がするけど、最近は見たらとにかくむぎゅっとするのが趣味です。

「お主、ナミナの作った人形より強力な暗黒魔法を使えるほどの黒精霊を集めておいて……」

呆れた視線を寄越すハラルファ。

「暗黒魔法というのは？」

「簡単に言うと、使われた場所で、黒精霊が生まれ出すようになるものじゃの」

汚染地域みたいな場所ができるのか。面倒くさそうだな。

「そういえば、ルゥーディルやカダルが手ほどきした魔法もほとんど使っておらんな」

ヴァンが顎に手を当ててこちらを見る。

「実生活ではなかなか使う機会がありませんので」

魔物を狩るにも、素材のことを考えたら剣を使った方がいいし。風魔法とか氷魔法なんかもいいのかもしれないけど、魔法は精霊の影響が大きくって安定しないんだよな。

もっとマメに使って、力加減を把握した方がいいのかもしれないけど。名付けるための魔力でいっぱいいっぱいで、そんな暇はない。

「お主が魔法を全力で使うと、人の街の1つ2つ消えそうじゃのぅ」

え⁉　そんなに？

「やりませんよ？」

ハラルファが笑みを浮かべてやたら楽しそうで、不安になる。

「俺も戦うならば剣の方が好みだ。——なるほど、破壊するなら一気に」

力と火、破壊と再生の筋肉精霊が何か言ってる。何が「なるほど」で、何が「一気に」なのか。多分ヴァン的には、街を1つ2つなんてチマチマしないで国ごと更地にするのが好みとか、そんな不穏な話だろう。

「やりませんよ？」

「やらんのか？」

「やらぬのか？」

だめだこの2人！

ヴァンは破壊の属性があるからまだわかるけど、ハラルファは光と愛と美と言ったはず。もしかして何か変質した？　属性愉快犯とか？

「勇者はやりそうだが」

「【精神耐性】を断ったのは、歴代2組目じゃ。【精神耐性】は恐怖や不安を和らげるだけでなく、精霊の影響や黒精霊の残滓《ざんし》から身を守るものだと、ナミナは教えなんだのか」

光の玉って、ナミナって言うんだっけな。ここ最近、存在ごと忘れてたわ。

そういえば魔物を狩り続けると、凶暴になったり狂うのだったか。魔物に取り憑いた黒精霊の、細かい力の残滓が蓄積されるとかが理由か。

精霊にとって力は存在そのもの。黒精霊に共通しているのは、憎悪や痛み、嘆き。それらを知らず知らずのうちに取り込んでることになる。細かいのならばすぐ散ってしまうんだけれど、量にもよるな。相性がよければ凝って大きくなるのは早いだろうし。

なるほど、勇者たちは自滅するか、大人しくしてるかの二択なのか。

「疲弊して消えてなくなるか、耐えてみせて魔王になるか、どちらかの」

え、魔王コースもあるの？

「びっくりした顔をしておるな？　あまりに黒精霊の残滓を積み重ねれば、人間とて属性が変わる。やがて、黒精霊を生み出す魔物に変わるのだ」

「ジーンのように魔物と契約するのではなく、自分の眷属を生み出すことで魔王と呼ばれるものになるのじゃ」

どうやら魔物を殺しまくって、狂うこともなく耐え切っても、体の方が変質してしまうということらしい。どっちにしても俺の対応は変わらない。

「姉たちが勇者から魔王に変わっても、関わらない方向です」

「ブレぬのう」

「ハハハハ」

愉快そうなハラルファ、声を上げて笑うヴァン。さっき名付けた黒精霊が、抜き足差し足で木の陰に隠れようとしている。

不穏なことをたくさん聞いた気がするけど、俺と俺の周りが平和ならそれでいい。時々姉たちに、料理やトイレットペーパーを見せびらかして自慢したい衝動に駆られるけどね！

あとがき

こんにちは、じゃがバターです。

「転移したら山の中だった。」２冊目です！　お手に取っていただき、ありがとうございます。発売を楽しみにしていただけていたら幸せです、作者が。とても。

さすがにはじめましてな方はいないと思いますが、もし「岩崎様のイラストに惹かれて2巻から買った」という方がいらっしゃったら、ぜひ1巻もお手に取っていただければ。

ツイッターの予告よりも、外伝がそっと1本多いです。本文にも手を入れておりますので、Ｗｅｂ版からおいでいただいた方も楽しんでいただけたら嬉しいです。

主役が強くてバンバン敵をなぎ倒す展開を期待している方、すみません。ジーンは順調に強くなっているはずですが、副題通り本当に戦闘よりもご飯と住まいを整えることに全力ですので、能力をフルに発揮した戦闘は滅多にございません。

Ｗｅｂ版を読んでいる方はご存知かと思いますが、剣よりも棒をこよなく愛する主人公として突き進んでおります。主人公のメイン武器、「棒」になるんだろうか？　いやもう、本当になんでこうなった。

このお話を書かせていただいている間に、題名にお屋敷とか山岳都市とかついている本が棚に並びました。なお、おいしいご飯とか食べられる山野草はもともとある模様。

そして嬉しいことにコミカライズが始まります。あとがきを書いている時点では、当然私も完成品をまだ見ていないのですが、この本にも可愛らしい4コマ漫画が……！

小説ともどもよろしくお願いいたします。

1巻最初のジーンは人間不信気味でツンツンしていましたが、だいぶ警戒心が緩んできました。これからどんどん、「範囲外」なことで周囲を振り回すことになります。

ディノッソ一家との再会もあり、騒がしくなるカヌムです。

3巻でお会いできるのを願いつつ。

2020年神無月吉日

じゃがバター

「コミック アース・スター」にてコミカライズ企画進行中！

コミック アース・スターでコミカライズを担当する蔦屋空です。
コミカライズもよろしくお願いします！

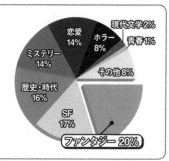

本体価格1,200円＋税　ISBN978-4-8156-0692-3

ツギクルブックス　https://books.tugikuru.jp/

もふもふを知らなかったら人生の半分は無駄にしていた
1～5
著／ひつじのはね
イラスト／戸部淑
冒険あり、癒しあり、笑いあり、涙あり
もふもふたちに囲まれた異世界スローライフ！
魂の修復のために異世界に転生したユータ。
異世界で再スタートすると、ユータの素直で可愛らしい様子に
周りの大人たちはメロメロ。
おまけに妖精たちがやってきて、魔法を教えてもらえることに。
いろんなチートを身につけて、
目指せ最強への道？？
いえいえ、目指すはもふもふたちと過ごす、
穏やかで厳しい田舎ライフです！
転生少年ともふもふが織りなす
異世界ファンタジー、開幕！
第7回
ネット小説大賞
受賞作！
KADOKAWA
「ComicWalker」で
コミカライズ
好評連載中！
本体価格1,200円＋税
ISBN978-4-8156-0334-2

ゲーム
魔王
冒険
アクション
その冒険者、取り扱い注意。
～正体は無敵の下僕たちを統べる異世界最強の魔導王～
1～2
著／Sin Guilty
イラスト／M.B
第6回
ネット小説大賞
受賞作
「ComicWalker」で
コミカライズ
好評連載中！
全世界に告ぐ！
こいつの正体は
ヤバすぎる!!!

本体価格1,200円＋税　ISBN978-4-8156-0572-8

没落貴族の嫡男なので好きに生きようと思います

～最強な血筋なのにどうしてこうなった～

著 やまと

イラスト ダイエクスト（DIGS）、黒銀（DIGS）

コミカライズ企画進行中！

没落貴族の嫡《ちゃく》男《なん》は神聖魔法で無双する！

武の名家サルバトーレ家の嫡男として生まれたアシムは、5歳の誕生日に前世の知識を思い出すが、
前世の知識に照らし合わせて自分の状況を分析してみると、人生が詰んでいることに気づく。
サルバトーレ家は貴族から没落したうえに、他の貴族に嵌められて、
その武の才能を飼殺しにされていたのだ。
どうにか自由な人生を取り戻そうと努力するアシムは、不思議な力を使って成り上がっていく――。

辺境の地から魔法と知識チートで成り上がる、異世界領地改革ファンタジー、いま開幕！

本体価格1,200円＋税　ISBN978-4-8156-0588-9

ツギクルブックス

https://books.tugikuru.jp/

ツギクルブックス

愛読者アンケートに回答してカバーイラストをダウンロード！


愛読者アンケートや本書に関するご意見、じゃがバター先生、岩崎美奈子先生へのファンレターは、下記のURLまたは右のQRコードよりアクセスしてください。

アンケートにご回答いただくとカバーイラストの画像データがダウンロードできますので、壁紙などでご使用ください。

https://books.tugikuru.jp/q/202011/yamanonaka2.html

本書は、カクヨムに掲載された「転移したら山の中だった。反動で強さよりも快適さを選びました。」を加筆修正したものです。

異《い》世《せ》界《かい》に転《てん》移《い》したら山《やま》の中《なか》だった。反《はん》動《どう》で強《つよ》さよりも快《かい》適《てき》さを選《えら》びました。2

2020年11月25日　初版第1刷発行
2020年12月 4 日　初版第2刷発行

著者　じゃがバター

発行人　宇草 亮
発行所　ツギクル株式会社
〒106-0032　東京都港区六本木2-4-5
TEL 03-5549-1184
発売元　SBクリエイティブ株式会社
〒106-0032　東京都港区六本木2-4-5
TEL 03-5549-1201

イラスト　岩崎美奈子
装丁　株式会社エストール

印刷・製本　中央精版印刷株式会社

ISBN978-4-8156-0599-5
Printed in Japan